El Evangelio según María Magdalena

Cristina Fallarás

Papel certificado por el Forest Stewardship Council®

MIXTO
Papel procedente de fuentes responsables
FSC® C117695
www.fsc.org

Penguin Random House Grupo Editorial

Primera edición: enero de 2021

Printed in Spain – Impreso en España

ISBN: 978-84-666-6889-7
Depósito legal: B-14.497-2020

Compuesto en Fotocomposición gama, sl
Impreso en Romanyà Valls, S. A.
Capellades (Barcelona)

BS 6 8 8 9 7

A mi hermana Anica

Esta y no otra es mi carne. Esta y no otra es mi sangre.
Este y no otro es mi aliento.
Este y no otro es mi cuerpo. Yo.
Esto soy y no otra cosa.
Soy la que nombra. Verbo soy, palabra. Ante mí me arrodillo, ante mi cuerpo soberano, cauce de narración.
Y nombro.
Y me nombro.
Este y no otro es mi nombre: María. María la Magdalena.

1

Cerca de diez años ya en esta ciudad y ni siquiera he asumido el territorio. Sería más correcto admitir que el territorio, la actividad enloquecida de Éfeso, no me ha asumido a mí. No tiene a estas alturas demasiada importancia. Al fin me dispongo a dejar por escrito todo lo vivido. Todo lo que permita el tiempo que me queda. No será tarea leve y ya soy vieja. No me siento una anciana, de la misma manera que nunca me sentí joven, pero los huesos, sobre todo en las largas madrugadas salobres de insomnio, arañan mis junturas tirando de mí hacia el final. Silencio, columnas mías, murmuro sin turbación en estos amaneceres.

Eso es, sin turbación.

Yo María, hija de Magdala, llamada la Magdalena, he llegado a esa edad en la que ya no temo el pudor que nunca tuve. Yo, María Magdalena, aún conservo sin merma la furia que me enfrentó y me enfrenta a la idiotez, a la violencia y al hierro que imponen los hombres sobre los hombres y contra las mujeres.

Pero no escribiré desde la furia, porque así lo he decidido. Me he propuesto hacerlo como el ave que teje un nido, minuciosamente, con amor y hacia el futuro. El nido que yo no he de ocupar, sino quienes requieran abrigo.

Sí, soy vieja. Demasiado he vivido ya. No importa qué edad tengo. Sé que no tardaré en morir. No comprendo el empeño por contar los años, uno, catorce, treinta... Deben contarse los sucesos, los tiempos de dolor y los tiempos de gloria, los tiempos de amor y los tiempos de violencia, la belleza y la infamia contempladas.

La vida no es un recuento de fechas, sino memoria de emociones y acontecimientos, aprendizajes y claudicaciones. ¿Qué conseguiría yo dejando un inventario de años tras años? En un año caben enteros futuro y pasado.

He tenido la inmensa fortuna de conocer la luz que emana de los cuerpos y de la ciencia. Entre tanta iniquidad, tanta crueldad vana y mutilación contra la tierra, yo, María Magdalena, he conocido. Y en ese conocimiento, aquello que soy permanecerá por los siglos. Porque ningún conocimiento es fútil.

Mi decisión de dejar constancia aquí de lo visto, de los extraordinarios sucesos que me fueron regalados sin más mérito por mi parte que la presencia, es firme. Mucho más firme a medida que voy conociendo las voces y rebuznos empeñados en falsear lo sucedido, apropiarse de la realidad, de lo que aconteció, y modificarla hasta el tamaño de su propio cuerpo, recortar la realidad a su medida. Lamentablemente, eso también se llama memoria. Una memoria falseada de la que sacar rentas.

Me llegan escritos, leyendas, mentiras que solo buscan ensuciar aquello que vivimos junto a aquel a quien hoy llaman «el maestro» los mismos que entonces lo repudiaron, lo traicionaron. Sacar provecho, eso quieren, enriquecerse, acumular poder, saciar su vanidad. O sencillamente salvarse ante sí mismos. No hay pecado en ello, sino miseria, ceguedad, estulticia, mezquindad. Su sed de idiotez no tiene límites.

Pero yo participé.

Yo conocí al Nazareno. Fui la única que jamás se separó de su lado. Jamás. No es vanidad. Es así y esto es lo que sucedió, es lo que soy y también nuestro mutuo reconocimiento. Me siento a relatarlo todo para borrar tanta mentira y que se comprenda su verdadero final. Nada será narrado en vano.

2

Partimos de Magdala en el año 62. Magdala, mi puerto, mi ciudad a orillas del mar de Galilea, mi casa, nuestra fuente de vida. Todavía vivían Simón Pedro y Pablo de Tarso y resultaba impensable la devastación de Jerusalén, la destrucción del Templo. Acompañada por Juan, persuadimos a María, la madre del Nazareno, de la necesidad de abandonar la región, conscientes de que su cuerpo se quebraba, su anatomía de gorrión. Partimos por tierra hasta Tiro y de allí navegamos hasta Éfeso. María falleció al poco de pisar esta región. Era ya apenas un suspiro. Fue un trayecto de piedra seca, sol, viento, días de lluvias crueles y aquella violencia turbia que ya hacía de la realidad un resoplar de hienas.

Treinta años después de la desaparición de su hijo, recién llegadas aquí, a Éfeso, me decidí a preguntárselo. ¡Treinta años! Mi silencio hasta ese momento no fue cobardía, sino respeto. La veía desaparecer, postrada, tras aquel viaje evidentemente excesivo para ella. Bajo la piel traslúcida, su calavera era puras oquedades. Jamás he visto un empeño tan largo, tal empecinamiento de vida.

—¿No guardas rencor, María?

Me miró con ese gesto tan suyo, mezcla de cansancio y asombro.

—¿Crees que serviría para algo? ¿Debería yo también haberles entregado mi vida? No, no lo creo. Eso habría supuesto el rencor, ofrecerme en sacrificio.

—Comprendo.

—Yo no comprendo, muchas veces no he comprendido nada de lo que sucedía. Ni siquiera ahora.

—Pero hay paz en ti.

—Somos diferentes. —Su voz era un finísimo hilo tenso—. Esas cosas te parecen importantes, lo que hay o no hay en mí o en ti te parece importante.

—¿No lo es? —Mientras hacía la pregunta me di cuenta de que era un error, su forma de asumir, de someterse era un trapo viejo que yo había manoseado demasiadas veces. María siempre había cumplido su papel como madre, como parte de su tribu, sin cuestionarlo. En esto éramos radicalmente diferentes.

—Eso creo. No lo es, eso creo. Ha pasado la vida por mí, a través de mí, solo eso. En algunos momentos sí consideré que nuestros actos podían transformar lo que vendrá, las cosas que sucederán.

—Sabes que ese es mi empeño.

Nos conocíamos bien, todo había sido dicho ya.

—Sí. Quedan el dolor y las palabras. Mi dolor marchará conmigo. Ya, ya sé, las palabras permanecen. ¿Sabes tú por cuánto tiempo? ¿Puedes responder a esa pregunta? ¿Puede alguien?

Sentada aquí, sigo sin tener respuesta. Elijo las palabras, las voy ordenando. Ese acto encierra la esperanza de que permanezcan, de que no se trata de un esfuerzo inútil. No puedo pensar que lo sea. ¿De qué serviría en tal caso este empeño?

María había visto cómo torturaban a su hijo. Había permanecido ahí, no retiró la mirada en ningún momento. Ambas fuimos testigos de la extrema crueldad sobre su carne, pero yo no era su madre. Después de contemplar tanta bestialidad, tanto cuerpo roto, sigo sin saber qué siente una madre ante el cuerpo de su hijo en agonía. Tampoco ante la dicha. Yo no he gestado.

Durante todo el tiempo que pasó desde antes de la partida del Nazareno hasta la muerte de María hace algunos años, ya en Éfeso, permanecimos juntas. Pero el tiempo no significa nada. Tres años pueden durar más que treinta.

Quizás ella tenía razón al descartar la relevancia que todo lo ocurrido tiene en nuestras vidas. No son nuestras vidas, sino el testimonio de las vidas de otros. Sin embargo, ¿cómo podría yo hoy narrar todo lo vivido junto al Nazareno sin partir de mi propia experiencia? No podría. Sencillamente, no. Yo soy junto al otro, ante el otro, en el otro.

Ah, pero yo no he gestado.

3

Fueron mis propiedades y no mis virtudes las que me permitieron contemplar los acontecimientos de entonces.

Mi padre me dejó en herencia su industria conservera, la educación propia de un hombre, y al Gigante. Si alguna vez añoró un hijo varón, nunca lo supe. Mi madre murió al parirme, así que, conociendo su jovial pragmatismo, no creo que le diera más vueltas. También heredé, imagino que para bien, su empeño en recordar que descendíamos de la dinastía de los asmoneos, cuya reina Salomé Alejandra no solo fue la última en ocupar un trono independiente para los judíos, sino la única mujer que logró reinar. «Nosotros venimos de reyes, mi princesa», repetía mientras me acariciaba la cabeza tumbados sobre la piedra fresca y pulida del patio en verano, aprendiendo a dibujar el firmamento.

—Tuvimos una reina. Hay que conocer las cosas del mundo y de los hombres para tener una reina. Luego llegó Roma a colocar a esta panda de ignorantes que solo sirven a la muerte, a la destrucción, para saciar unos instintos menores que los de los puercos. —No recuerdo cuántas, cuantísimas veces le oí repetir estas palabras—. Pero nosotros, asmoneos, tuvimos la última y única reina de los judíos, Salomé Alejandra. Eso no nos lo perdonarán ni los unos ni los otros. Ni los judíos ni los romanos.

No creo que dijera todo aquello para justificar mi educación, tan impropia de una hembra en nuestra sociedad que merecía castigo, sino por añoranza. La nostalgia de lo que no se conoció puede infectarse de melancolía o tornarse subversión. La nuestra era una subversión doméstica y jocosa que incluía mi educación en la ciencia y en la industria.

Dos son ahora mis sensaciones más presentes de aquellos días de infancia: la felicidad y la muerte. En un mundo pequeño, como lo son todos a esa edad, se mezclan la dicha y la sangre cuando son lo único que aprieta. Si Antipas honró la sangrienta herencia de su padre, Herodes el Grande, poniendo la cabeza del profeta sobre una bandeja, su hermano Arquelao consiguió, aunque parezca mentira, superar la masacre de los inocentes de su progenitor. Preferiría haber borrado de mi memoria hasta la última huella del paso de Arquelao por esta tierra. Sin embargo, en él está el germen del asesinato de mi padre, de él parte mi dolor más ácido, mi desamparo, la rabia y el deseo de venganza que fueron mi alimento durante tantos años, y por eso también mi fortaleza.

Fui rabia, rabia sorda.

Me vestí de venganza y la cubrí de carmesí.

Entonces paseé mi disfraz.

No tenía aún yo pechos cuando Roma decidió retirarle todo el poder a Herodes Arquelao, el poder de reinar sobre Judea. Era tal su violencia, su sed de descuartizamiento, su capacidad para sembrar pánico a cuchillo, que incluso Roma comprendió que resultaba insoportable. Pero la muerte lega muerte. La mano exterminadora se multiplica en millares de asesinos como millares fueron aquellos a los que él mandó matar. Los dos Herodes, Antipas y Arquelao, eran hermanos por parte de un padre enloquecido, el asesino de los inocentes. Antipas, rey de Galilea, nuestra tierra. Arquelao, rey de Judea. Reyezuelos ambos sin más poder que el que Roma permitía a sus fatuas existencias alimentadas de excesos, sangre, perversión. Conciencia de inferioridad.

Yo los maldigo.

No tenía aún yo pechos cuando un día aparecieron las doctoras con tal agitación que el tremolar del aire en la casa me despertó. Soñaba con el vuelo de los peces blancos que a veces preceden a las pesadillas. El miedo siempre se impone y turba el ambiente. La noche era clara en el patio hasta el punto de que una podía distinguir el haz brillante y el envés mate de las hojas de los olivos.

Ana y algunas otras doctoras acudían a nuestra casa con frecuencia a sacarme de los almacenes y ocuparse de mi instrucción sin mediar acuerdo evidente. En otras ocasiones llegaban acompañadas de alguna muchacha, o de varias, y se encerraban durante horas en uno de los pequeños edificios de la casa, el que se levantaba a la izquierda del patio, con jofainas y fascinantes instrumentos afilados.

Tardé tiempo en conocer su intervención en mi nacimiento. De ahí venía el apego de mi padre hacia ellas, su apadrinamiento. Cuando mi madre empezó a romperse en dolores fatales durante el parto, un grupo de ellas acudió en su auxilio y atendieron su agonía y mi vida. Aún me conmueve el reconocimiento de mi padre hacia las mujeres, quizás un homenaje a su dinastía. Ana era la menor y él se hizo cargo de que siguiera con su magisterio. Las parteras eran maestras, su manejo de las plantas evitó el tormento de mi madre y me dieron vida. Mi padre no lo olvidó jamás y decidió ceder un espacio en nuestra casa para ellas, que habitualmente trabajaban de forma clandestina y en hogares que no contaban con lo básico para la vida.

Cuando llegaron aquel día a casa, Ana era ya la jefa de las maestras a las que dábamos cobijo.

—Vuelven a estar en marcha, señor.

Siempre le llamaban señor, pese a que la confianza entre ellos de puertas adentro era larga y evidente. Mi padre creyó que se referían a las huestes de Herodes Arquelao, que desde Jerusalén llevaban años segando vidas, incluso dentro de nuestras fronteras galileas. Matando por el abyecto gozo de matar. Ahora me parece que aquellas sangrías escondían algún tipo de sexualidad perversa. Quién sabe.

—No señor, son los fanáticos, los zelotes.

—No hay zelotes en Galilea.

La de mi padre no fue una negación, sino otra cosa, un golpe de vértigo. Tras los últimos asesinatos perpetrados por los gobernadores romanos, habían surgido aquí y allá de nuevo grupos de exaltados violentos en lucha por el territorio. «Su» territorio bien valía sangre.

En ese momento él, que parecía no haberse percatado de mi presencia, se volvió a mirarme. Nosotros, nuestro comercio era con Roma. No olvido la honda dureza de su gesto. No eran los ojos de mi padre sino los de un hombre. Entonces, por primera vez, me di cuenta de que mi padre era eso, un hombre. Un hombre como los pescadores que se acercaban a diario con sus canastos al almacén de conservas. Un hombre como los que hundían sus manos requemadas en la sal gruesa, como los que diestramente extraían las tripas de los peces pequeños y de los peces grandes, y en algunas ocasiones, cada vez con más frecuencia, me miraban de reojo ya sin sonreír.

—Se dice que Octavio Augusto ha retirado definitivamente su confianza a Herodes Arquelao, que ya no es rey de Judea, que todas las provincias serán gobernadas a partir de ahora por Roma.

—¿Quién lo dice?

El silencio se llenó de aleteos y una bandada de gorriones se echó a la noche lechosa. Nunca había tenido la sensación de contemplar una conversación de adultos. Mi vida transcurría zascandileando entre hombres y mujeres que trabajaban, manejaban los alimentos, charlaban, discutían, operaban o dejaban pasar el tiempo, una vida sin más niños que los que se acercaban a curiosear en el pescado, a pedir algo, o ayudaban a los hombres en las barcas. Pero de pronto me expulsaban. Nadie me apartó y sin embargo sus palabras, sus gestos, me empujaron hasta el lugar donde la inocencia aún se encanta en los olivos y sus frutos.

—Señor, es así. Hemos sido alertadas. No hay duda. —El apremio en sus palabras asustaba por la falta de costumbre—. Esta casa sirve al Imperio.

—Llamaré para que organicen vuestra estancia. Ahora no estáis seguras.

—El problema no somos nosotras.

La joven Ana me miró sin hacer ningún movimiento. No me señaló con la cabeza ni con la intención. Me miró, no lo olvido, alzada en vilo por ese mirar que no era mirada sino una gasa de futuro, el rasgado de un sudario, una promesa roma.

En ese preciso instante dejé de ser niña para siempre.

—El problema —repitió mientras mi padre se unía a su mirar y yo empezaba a aprender de la misma manera en la que el gusano teje su capullo— no somos nosotras.

4

Era yo muy niña aún cuando apareció el Gigante en casa. Mis recuerdos son borrosos, pero por ahí bailan. Llovía. Llovía como si no lloviera. En las jornadas posteriores a nuestra fiesta anual, cuando pasaba el calor más duro del verano, solían llegar las lluvias en velo, un aire mojado, como penetrar una nube, y el cuerpo adquiría otra consistencia, solidez de basalto, porosa y dura. Aquel llover me dejaba sin peso pero sólida, y paradójicamente con una incómoda sensación de sequedad. Esos días parecían todos sábado y el mar invadía la ciudad sin decidirse a caer.

Cuando mi padre salió vibraba en el aire una luz desleída que prometía irisarse. En cuanto cruzó el umbral del portón, regresó duro, entró en la casa y volvió a salir a grandes zancadas seguido por un par de doctoras con Ana a la cabeza ajustándose la túnica de los momentos crueles. Corrí tras ellos.

Acurrucado contra la tapia, y esto no lo olvido, yacía el cuerpo de un hombre descomunal. Desnudo. La cara, el cuello, el pecho, todo del marrón de la sangre que cuando se seca parece barro húmedo. Alguien trajo un gran tapiz de arpillera. Lo hicieron rodar sobre él para arrastrarlo por el patio hasta el pabellón de las doctoras. Era el cuerpo más grande que había visto y que jamás he vuelto a ver, mayor que el cuerpo de un caballo sin patas, mayor que un ternero grande, y estaba muerto. Pero no estaba muerto.

En aquella ocasión no entré en la sala de operaciones. Puede ser, cosa rarísima, que me cerraran el paso. También cabe que no quisiera verlo. Aquello no era una mujer ni una niña, ni siquiera un chaval descalabrado a golpes o azotado, sino un animal con forma de hombre, cubierto de sangre seca y con la cabeza rasurada. Una enorme bestia pelada.

Poco tiempo después, que podrían ser dos días o tres semanas durante las que no se volvió a hablar de él ni yo pregunté, Ana se acercó y me condujo hasta las escaleras que subían desde el patio a la casa grande. Era el lugar de las conversaciones íntimas y también donde sentarse sin necesidad de gesto, generalmente por cansancio, alegría o tristeza.

—El Gigante no habla.

El Gigante. Claro, era un gigante.

—¿Es un gigante, Ana? ¿Es un gigante?

—No seas boba. Es un chaval. Pero es enorme como no he visto otro.

Habían dejado en la puerta de casa a un gigante. Era costumbre que abandonaran a muchachas deshechas con las piernas ensangrentadas, crías con el vientre reventado, mujeres inconscientes por la violencia contra sus cuerpos, desfiguradas, a menudo sin dientes entre los labios ya pulpa. Se sabía que allí las doctoras ejercían una labor mucho más allá que la de parteras. No se puede llamar a una partera cuando un padre revienta a la niña, destroza a la madre. Las dejaban por la noche, así que solía ser mi padre quien se las encontraba al alba camino a los almacenes. No recuerdo que ninguna llamara al portón o diera voces, si acaso algún gemido de gato o de un perrillo. Alguien, probablemente su madre o su tía, o ambas, las arrastraba al abrigo de la noche. No era extraño que algún soldado aprovechara el desamparo y la oscuridad de aquellos cuerpos para aliviar apuros sexuales. Entonces, las doctoras lloraban y Ana se estremecía.

Yo los maldigo.

Nunca habían dejado a un hombre. Ni grande ni menudo. Sí a algún muchacho.

—El Gigante no habla porque no puede.

—¿Es mudo?

—No, no lo creo.

—¿Es idiota?

—No lo parece. Es manso.

—¿Por qué no habla?

—Le han arrancado la lengua.

—¿Lo han hecho porque es negro?

—O porque es distinto al resto. Probablemente estaba de paso desde Egipto hacia Siria, de ahí el color de su piel. Creo que sencillamente llama demasiado la atención para que no se entretengan en torturarle.

—¿Y la lengua?

—Será por su idioma, por no responder... cualquier excusa les sirve.

Cuando por fin salió al patio, y para eso tuvieron que empujarle, los restos secos sobre la cara y el cuello habían desaparecido, pero dolían tanto morado, tanta hinchazón y tanto verde. Las heridas de la cabeza y un tajo que le atravesaba el labio superior cerca de la comisura derecha lucían la sutura de las doctoras. Yo conocía bien eso, su cuidado en las suturas, el mimo sobre la carne y bajo la carne y entre las vísceras.

Algún tiempo después de la aparición del Gigante, mi padre regresó al trote, como acostumbraba con los cuerpos abandonados. Salieron Ana, algunas muchachas y, detrás de ellas, aquel hombrón con restos de costurones. Habitualmente, entre mi padre y dos mujeres cargaban en volandas el cuerpo herido hasta el pabellón. El Gigante se les adelantó de una sola zancada, lo tomó en brazos con esa dulzura extraña a la que acabamos habituándonos y se dirigió hasta el lugar de cirugías. Le seguimos. Depositó aquel ser sobre uno de los catres como quien alisa un paño, se lavó manos y brazos y salió.

De ahí en adelante, fue el primero en levantarse, todavía de noche, el primero en abrir la puerta, en cargar con las muchachas heridas si las había o sus cadáveres. Dormía en una estera junto al portón. Al principio al pairo, y luego bajo un chamizo que compuso con palma y argamasa.

Nunca supimos quién o quiénes le habían arrancado la lengua ni cómo. Nunca supimos su edad, aunque era poco más que un adolescente cuando llegó. No volvió a irse de nuestra casa y, con el tiempo, se convirtió en mi sombra.

5

Ana. Ana flor de aligustre. Ana heridas abiertas. Ana gasas y agua fresca. Ana vida y vida, y frente a cualquier muerte, vida. Ana de mis amores. Ana recuerdo de Ana.

Qué cansancio todo lo que he vivido. Dejar constancia aquí es también un acto egoísta de aligerarme. Necesito insistir en esto. Nadie crea que mis cosas, mis actos, mis pensamientos están movidos por la generosidad, no sé, por la bondad, como si yo fuera una amapola que se ofrece, en su efímera belleza, para contemplación de almas que tiritan. Yo cuento para aligerarme lo poco que sea posible.

Entre todos mis recuerdos, el de Ana duele como si no hubiera pasado el tiempo, y en ese dolor vuelvo a ser una adolescente, a conocer el pálpito del corazón entre las piernas, el deseo de los gajos de mandarina en los labios y el manejo del alarido de las mujeres. Organizaba a las doctoras y sus pupilas, conocimientos, partos, cirugías y lecturas. Sin ser menudo, su cuerpo pasaba desapercibido para casi todos, aunque no para mí. Era su rostro lo que solían recordar de ella. ¿Puede no tener mancha el negro? Sus ojos eran claros como el negro absoluto. Sus párpados que tanto besé, sus pestañas animales, labios de gajo. Nadie reparaba en Ana porque había elegido no tener cuerpo. Quien no muestra cuerpo para el hombre no existe para el hombre. No existe. Ay, si hubieran conocido el placer de cobijar los dedos entre sus cortos rizos azabaches.

Generación tras generación, las doctoras heredaban de las parteras el arte de la cirugía y el manejo de las plantas. De la violencia contra muchachas y mujeres, la destreza en coser. Después de un cuerpo abierto, de la anatomía, llega el conocimiento de la tierra, de los astros y de los números, en ese orden. Finalmente, la decisión de no gestar las hizo invisibles. Ana, heredera.

Sin ella, sin ellas, el Nazareno no habría sido el Nazareno y yo no necesitaría sentarme a escribir todo esto.

Hay que dejar constancia. Ahora sí. Los acontecimientos siguen a los acontecimientos como la vida a la vida. Las doctoras estaban ahí cientos de años antes de que María lo engendrara.

Con Ana aprendí a amar.

Los datos son innecesarios.

Después de aquella noche en la que llegó ella a alertarnos junto a algunas doctoras, mi padre las instaló en una de las cámaras del pabellón de invitadas. No era la primera temporada que pasaban en casa. Las operaciones a menudo requerían días de cuidados, algunas se complicaban, otras resultaban fatales. Allí permanecieron a partir de entonces y hasta que, muchos años después, tuvimos que dejarlo todo atrás y olvidar lo conocido.

Los zelotes no lanzaban su odio contra nosotras. No eran como escribas y fariseos, que sencillamente ignoran la existencia de las mujeres, y así sigue siendo, a cambio de que cumplan obedientemente su función reproductiva. No había verdadero odio en los escribas, solo castigo en caso de no acatar la sagrada Ley de contraer matrimonio, prestar nuestro cuerpo a engendrar y parir sus hijos, y dedicar nuestra vida a mantener limpia la suya, satisfecha y en orden. Luego aprendí que las que no engendran consiguen desaparecer, convertirse en aire, invisibles, poco más que extravagantes fierecillas como llegadas del África a las que no mirar a los ojos. Nuestros ojos, espejos de su triste existencia. Pero los zelotes eran otra cosa.

Sangre, sangre, carne abierta.

Los zelotes partían la tierra en una grieta sedienta. Sucia culebra, traición, piedras, piedras, traición, piedras, piedras. Abrevaban la grieta con sangre de las piedras. Adoraban la herida que abría sed en tierra. Amaban sangre a sangre el dolor territorio. Su enemigo era el otro, la tierra del otro, la sangre del otro. Sus víctimas, todas aquellas que teníamos un algo con el otro. El territorio por el que sajaban no era nuestro cuerpo. Era otro territorio.

Aprende a retorcerte, fusta, fusta, espina. Alimenta mi tierra, soga, madero, soga.

Los zelotes eran otra cosa.

Mi padre se movía perseguido por temores y sospechas, empujado y alimentado de certezas. En realidad, certezas, sí, eso, las certezas. Ana había dicho: «El problema no somos nosotras». Las muchachas de la casa apresuraron sus pasos como si no pisaran suelo. Eran las pupilas de Ana y las doctoras quienes salían a atender partos y emergencias. Después, otras se unirían. A medida que la casa se convertía, lentamente, en un sanatorio habitual de los mil dolores y en refugio del terror, en centro de la ciencia, mi padre iba pasando más y más horas, días, en los almacenes de conservas. El ritmo de mi aprendizaje se multiplicó. Asistía a los partos y sus contrarios, a evitar gestaciones, a los sangrados y las amputaciones, a las costuras de los cuerpos destrozados y también a los sudarios. Veo, pasado el tiempo, cómo queda registro de heridas y avances en los territorios, pero no en los cuerpos. Los soldados del poder permanecen en la memoria porque se les honra, al contrario que a las doctoras de la ciencia. Ese es el mal de nuestro mundo y nuestro legado para la Historia.

A la vez, pasaba horas junto a mi padre. No tenía yo aún la carne desarrollada. Él jamás había contemplado la idea de mi matrimonio, y si lo había hecho, yo nada supe. La simple visión de las mujeres, sobre todo las más jóvenes, incluso las de mi edad, atendidas por las doctoras de casa, convertía a mis ojos el matrimonio en la mazmorra donde el verdugo y el torturador juegan con tu vida y con tu carne hasta que la someten o la rompen. Lo veía a diario, y también a diario mi padre tiraba de mí y me rescataba de órganos y escudillas.

A la mañana siguiente del día en el que Ana y su ayudante se instalaron definitivamente, mi padre me despertó al alba.

—Vamos a cambiar un poco tus tareas, princesa.

—Yo no soy princesa, padre. Ya basta.

—Siempre serás mi princesa.

Negó con la cabeza y no entendí tanta pesadumbre.

—Ya soy mayor —insistí.

Sentado a los pies de la cama, con los ojos enrojecidos tras la noche en vela, dejó por un momento que su rostro fuera fuente y fuera campo. Abrió en sí mismo una ventana para que su hija pudiera respirar a través de él, que no me ahogara con lo que iba a venir.

—Eres mayor, sí, eres mayor. Ahora tienes que

aprender a otro ritmo. Es necesario... —Sacudió la cabeza y volvió a ser roca—. Algo de orden. Es necesario... Hay que poner orden. Es necesario. Algo de orden. Algo de orden.

Vi cómo las palabras entorpecían sus pensamientos. La desorientación nueva le envejecía. Un hombre joven que envejecía ante mis ojos.

—Al alba me acompañarás a recibir a los pescadores. Después regresarás aquí con las doctoras. Al final de la jornada, volveré a buscarte para las cuentas del día. No sé cuándo ni cómo, pero no debes descuidar tus lecturas.

De un día para otro, una simple frase, «El problema no somos nosotras», había convertido la vida en una resistencia de campaña. Éramos un campamento de guerra. Nuestra sensación no estaba muy lejos de la realidad. La sociedad entera se erizaba tras la destitución de Herodes Arquelao en Jerusalén, el gobierno de Roma sobre las provincias tenía su respuesta, que era una respuesta contra nosotros mismos, la de los fanáticos.

—El Gigante vivirá pegado a ti en cuanto cruces el umbral del patio. Dormirá junto a la puerta de tu cámara. Tú eres el futuro. Sin ti no quedará nada.

Me gustaba el Gigante, su silencio. Dividir el tiempo entre mi padre, las doctoras y el Gigante no me pareció mal modo de vida. Pero cuando el dolor y la violencia abren las puertas a sus alimañas, las lanzan a morder y devorar, y aun a sus bestias carroñeras a hozar entre los muertos, el daño no ceja hasta destrozar la esperanza de una piel intacta. El dolor físico. Qué poca importancia le damos, qué poca atención prestamos al daño físico aquellas inocentes para las que el grito precede o sucede solo al parto o su reverso. Y aun así esas son tareas mitigadas con amapola y beleño, atendidas con gasas, hilo, sedas, rodeadas de cuerpos semejantes. Esa era mi experiencia. Así siguió siendo durante un tiempo, muy muy poco.

Durante aquella época mi trabajo en el almacén consistió en mirar. Al amanecer veía llegar a los pescadores cargando sus grandes cestos, a veces llenos y otras mediados. Trabajaban para nosotros una docena de barcas. Se trataba normalmente de familias en las que el padre y los hijos se echaban al mar con sus redes cada noche. Llegaban con sus frutos al depósito. Allí les esperaban los hombres de las conservas, las cubas de sal, las especias, y al mediodía las tripas de la jornada ya se amontonaban sobre las mallas para filtrar aquellos líquidos suyos que llenaban la nave de un olor que acabó siendo el aroma de mi vida. Lo que para algunos resulta un hedor insoportable, se convierte para otros, como en mi caso, en el lugar donde habitar.

Habitar en los aromas.

Es la infancia.

Aprendí rápido, primero con mi padre y después con Lucio, un hombre silencioso que me fue fiel hasta el fin de sus días, a calcular los viajes y sus tiempos, las rutas, los envíos, las respuestas desde puertos del Mediterráneo y capitales del imperio. Aprendí con Lucio a echar cuentas, a pagar sin caridad ni celebración. Él me enseñó a mirar cómo suceden, deben suceder, las cuestiones económicas. Sin mediar ánimo de usura, las cuestiones económicas son escuetos mecanismos de vida. En nuestro caso, y hasta el asesinato de mi padre, de una buena vida.

Lucio era como un miembro de la familia. Contaba con su propio hogar, al que nunca tuvimos acceso. No tenía esposa. Con el tiempo pienso que las mujeres no le interesaban en ningún aspecto. A mí me tenía un cariño evidente, familiar, tierno, pero sin más contacto que el que se le encomendó en el momento de instruirme. No obstante, asesinado mi padre, fue él solo quien durante años mantuvo en orden la conservera e incluso la hizo crecer.

Algunos años más joven que mi padre, había llegado enviado por Roma cuando nuestros suministros empezaron a resultar significativos al Imperio. Su misión debió de ser, en un principio, la de controlar el funcionamiento de los almacenes. Antes de que yo naciera ya era él quien llevaba todas las cuentas de mi padre.

Entendí pronto también la insistencia de mi padre en que no olvidara la estirpe de la que procedíamos. La reina Salomé Alejandra, de la dinastía de los asmoneos, como nosotros, la última monarca de un Israel independiente. Después ya llegó Roma y colocó a sus reyezuelos, cuya ignorancia solo era comparable con su brutalidad y su eficacia a la hora de sembrar muerte, yo los maldigo. Ella fue la principal benefactora de los fariseos. Con la reina consiguieron extender y afianzar su poder en Jerusalén. De ahí el respeto que, saltando de generación en generación, mantenían hacia mi familia.

No creo que a esas alturas ninguno tuviera claras las razones exactas, pero sí que ese respeto a mi padre y nuestros negocios era incuestionable. Las actividades económicas alejadas del culto religioso no eran bien vistas, menos aún cuando sus réditos venían del comercio con Roma. Sin embargo, Galilea no era Judea. En nuestras tierras, comerciábamos, navegábamos, tratábamos con gentes, regiones y lenguas más allá de los límites. Hasta la aparición de los zelotes no habíamos conocido la amenaza. De ahí pasamos a que la vida discurriera por la amenaza.

Paulatinamente fui pasando más tiempo con las doctoras. El comercio es fácil, el cuerpo y la sangre, no. Resulta complicado aprender sobre la marcha cuando esa marcha está decorada de vísceras y alaridos. Sabía, cómo no hacerlo, que las pupilas de Ana atendían a las gestantes en los hogares y también en la cámara de la casa dedicada a ello. Su sitio se encontraba a la izquierda del patio, un pabellón humilde, la más modesta y discreta de las cuatro construcciones que conformaban la casa. Los jardineros la habían protegido con altos macizos de adelfas blancas y un tupido seto de aligustre cuyas flores marcaban la llegada de la primavera con una voluptuosidad que llevo cosida al deseo. Detrás se levantaba aquella edificación de una sola planta a la que se accedía cruzando un dintel de dos jambas básicas. Estaba revestida de oscuro. Así era más fácil el baldeo, menos evidente la sangre.

Dentro, cuatro cámaras daban al amplio salón de entrada: la de partos y cirugía, la de convalecencia y las de enseñanza y lectura. En las épocas más duras, llegamos a sembrar todas de catres. Aún había una quinta habitación, oculta tras la sala de aseo, con otro trono de parto, esteras y todos los instrumentos necesarios para la cirugía. Las doctoras eran parteras, pero también evitaban las gestaciones, sobre todo a las muchachas a quienes una gestación habría reventado. Los matrimonios de vírgenes consiguen a menudo que, en cuanto llega su primera fertilidad, si no las destroza el marido, lo hace la criatura engendrada. La sangre precede a la cavidad suficiente entre los huesos.

Mi padre, las doctoras, los almacenes, la gran casa, el mundo cerrado y privilegiado en el que crecí y me formé me permitieron tomar la firme decisión de no desposarme ni, por supuesto, engendrar. Así lo prediqué y lo sigo predicando. Todavía asisto con horror a la forma en la que las familias entregan a sus hijas impúberes, criaturas forzadas y abiertas antes de conocer la menstruación. Esa doma animal, crudelísima, ese sacrificio estúpido.

¡Estúpidos!

¡Estúpidas!

José, el carpintero de la tribu de David, ya era viudo y tenía tres hijos cuando le entregaron a María, la madre del Nazareno, mi querida María a quien tanto me costó comprender, mi igual. Eligieron para el varón, próspero proveedor de madera para Roma, a una niña virgen. Jamás conseguí convencerla, ni siquiera al final de sus días aquí en Éfeso, de que aquello equivalía a sacrificarla, de la brutalidad. Y sin embargo había visto lo que yo vi y aprendido lo que yo aprendí junto a Ana y las doctoras tras la fragante frontera del aligustre. Pero esas cosas no se conocen sin un gesto de renuncia a lo que eres, son cosas escondidas. La realidad oculta y la realidad evidente, ninguna de las dos subsistiría sin la otra. Se necesitan.

Vivíamos con la relativa seguridad que proporciona el desprecio por las mujeres. Ana, las doctoras y sus pupilas, además, eran invisibles. No creo que fariseos ni escribas ignoraran lo que sucedía tras las puertas del patio del próspero comerciante de conservas, todas sus mujeres lo sabían, las de Magdala y mucho más allá. Sencillamente, a ellos les repugnaba hasta el punto de hacerlo desaparecer de lo que podrían admitir que existe. Ah, esas despreciables cosas de mujeres que con el tiempo lograron difundirse y multiplicarse en casas, doctoras y hembras dispuestas a no engendrar. Pero ni aun así sus mentes, secos frutos en el suelo que no albergan semilla, alcanzaban el aroma de nuestros pequeños triunfos. Ignoraban cómo se formaba a las doctoras, cómo las niñas ingresaban y se amontonaban en las cámaras del edificio grande para no volver a la barbarie sin saber evitar la barbarie, recoserla, combatirla. Probablemente la voluntad de ignorar es uno de los mayores logros del macho en su complacencia, del que inclinado rinde culto. Sin embargo, sí acudían a ellas cuando algún dolor, infección o herida les quebraba la existencia. Secretamente, un acudir ante el que el resto cerraba los ojos, volvía la cara. Entonces no tenían ningún reparo en que les cosieran el tajo las mujeres.

Así eran las cosas entonces, cuando yo empecé a instruirme con Ana y sus doctoras. Así siguen siendo.

6

Escribo todo esto. Lo creo imprescindible para entender lo que luego sucedió, mi encuentro con el Nazareno, nuestra relación, la ignorancia de sus discípulos, eso que llaman milagros. Ah, sus mentes enjutas.

Ni mi padre, ni Ana y las doctoras, ni las decisiones sobre mi cuerpo, tan fundamentales, o mis labores comerciales, el regalo de una vida decidida, me transformaron tanto como el cortísimo tiempo con el Nazareno, toda una vida. Lo anteriormente conocido me había preparado para nuestro encuentro, el agua, la sal, las huevas, el tiempo, la red, el mundo en el ojo del pez, el filo del cuchillo. Él no era ajeno. También, también recibió su parte. Algo como un apoyo, algo desde donde tomar impulso y a su vez lo contrario, un lugar donde recostarse. Nada como la profunda transformación íntima, absoluta, la decisión de ser otra, grave viaje a los confines, que fructificó en lo que soy, seré y ya era aun antes de haber nacido. Carne elevada, viaje a la sima, aire en remolino que convertido en columna de agua dulce echa a volar el limo.

Los asuntos que le acercaron a mí, la aproximación

misma, alimentaron la rabia de los suyos, los discípulos del Nazareno que ahora se empeñan en transformar todo aquello en vana superchería. Venden, esparcen impostura.

Toda narración requiere su tiempo. Cada suceso tiene su causa, siempre hay un antes. Ah, pero todo pensamiento acaba siendo convertido en mercancía para su propio beneficio por los comerciantes de ignorancias.

Una vez abandonado, entregado a la muerte, amortizado, construyen sobre su recuerdo mecanismos orales de sometimiento, artefactos, escritos que transforman en piedra sillar todo aquello que él vino a combatir, consciente desde el primer momento de que le costaría la vida. Preparándolo minuciosamente.

7

Yo conozco la violencia. No la olvido. Hoy he recordado uno de los primeros actos de violencia que conocí. La vejez devuelve a la costa de mis huesos restos de los naufragios de la memoria. He recordado cierta entrada de la crueldad en mi vida, más allá de los sangrientos hechos cotidianos. No la masacre, no el descuartizamiento, no los cadáveres apilados, sino la crueldad que supone atribuir cualquier forma de asesinato o violencia a la locura. Pensados ahora, esos otros, los hechos habituales de la sangre retratan con cincel preciso nuestros modos, nuestra acostumbrada convivencia con la violencia y la muerte.

Sucedió junto a uno de mis almacenes aquella matanza que se dio en llamar «La locura de Admiel». Pero no era locura, sino costumbre. Poco a poco y sin respiro, la rabia negra fue llenando el corazón del desdichado.

Bien es sabido que junto a los almacenes de la salazón solo habitan los desgraciados, aquellos que no tienen más remedio que soportar la hediondez del pescado y la fermentación del triperío que se conserva para el *garum*, la verdadera fuente de riqueza de todo el pestilente proceso.

Conocí bien a Admiel y no fueron pocas las ocasiones en las que acudió a mis obradores en busca de algunas piezas que taparan su indigencia y calmaran la ira de su esposa. Recuerdo que todavía era joven aquella mujer cuando el desgraciado le asestó una cuchillada que entró por el pescuezo y en su salida dejó dibujada sobre la cal de la pared la siniestra silueta de la muerte. Allí debe de seguir aquella sombra final recortada en grana. Después de aquello, uno detrás de otro, acuchilló a sus cinco hijos. Qué cosa nuestras costas, aún recuerdo sus nombres: Naftalí, Benjamín, Efraim, Edith y Judit.

Ah, la memoria.

De forma semanal, habitualmente los sábados para desespero de algunos de mis conciudadanos, salgo a los lindes de la ciudad y recojo flores silvestres para animar la casa y sobre todo para mantener engrasadas las junturas de mi esqueleto. Invariablemente, alguna de las muchachas de la casa se ofrece a realizar por mí la que consideran una tarea excesiva, incluso peligrosa, para mi edad. Me suplican que al menos les permita acompañarme. Jamás cedo. Mis ejercicios, mis dolores y mis dificultades, mi cada vez más vergonzante torpeza son solo míos. Por supuesto sé que habitualmente una o dos me siguen de lejos, y ellas no ignoran que lo sé. Ahora son pactos de vida a los que el paso del tiempo ha restado importancia. Lo esencial es caminar sola, y encaramarme sola si es necesario, inclinarme y con mis dedos ya huesos tomar de la tierra el espliego, el tomillo, la retama. Que me sigan las muchachas, que estén pendientes de la torpeza añeja de mis miembros, no me incomoda. Lo olvido en el momento exacto en el que pongo mi pie fuera de las lindes de la ciudad.

Sin embargo, justo al contrario de mi memoria de

Admiel, sí las necesito para recordar dónde he puesto los atados una vez llegada a casa y terminado el baño. Eliminar el polvo de la ruta en agua fresca resulta casi tan grato como la ruta misma. Sucede semana tras semana. Salgo del baño, me cubro con una de las muchas túnicas de hilo blanco que suponen mi única vestimenta, y debo recurrir a una de las muchachas para encontrar los tesoros recolectados en los riscos. Se ha convertido casi en un juego, temo que ellas lo vean así, un juego en el que yo participo, que finjo, pero lo cierto es que una vez refrescada, jamás recuerdo dónde he depositado mis gloriosos, por perecederos, tesoros.

Sí, pero puedo recitar sin titubeo los nombres de toda aquella familia, la protagonista del crimen llamado «La locura de Admiel». Sin embargo, como ya he dicho, no se trataba de locura sino de rabia emponzoñada en su paupérrimo corazón. Vagamente acuden a mi mente las habladurías sobre lo miserable de su vida, justificando aquel crimen con alusiones a la crueldad de su mujer, a las insoportables exigencias familiares, a vergüenzas públicas y escándalo.

El asesinato siempre me ha parecido una idiotez. Además de un acto vergonzoso, una idiotez. Aquel desdichado vivió a partir de entonces añorando aquello mismo que le empujó a matar, la familia que tuvo. O sea, lo único que tuvo.

Elegir la muerte siempre, siempre, siempre, es un acto de idiotez. Toda mi vida rodeada de idiotas. Toda mi vida cercada y testigo de muerte.

¿Debería suponer que los hombres siembran muerte de la misma forma que las mujeres siembran vida? ¿Debería suponer que se trata de un reverso digamos que natural? Porque de la misma forma que las mujeres nacen ya obligadas a engendrar y parir, los hombres vienen al mundo ungidos con la fatalidad de matar. Aunque quizás no se trata de una fatalidad sino de una cualidad. Pero no, no aceptaré tal extremo. Si aceptara el acto de matar como cualidad, o sea virtud, mi ser sobre esta tierra, todo lo aprendido, todo lo construido, serían actos vanos, existencia infectada de nada.

8

El décimo día del sexto mes en casa se celebraba. Era nuestra fiesta, la luna llena del sexto mes romano. Nuestra. En casa y en nuestros almacenes a orillas del mar de Galilea, la mayor fiesta del año. No era una celebración que coincidiera con ninguna del culto. Era la nuestra, nuestra celebración. No correspondía a dioses ni templos. Correspondía a la felicidad del trabajo hecho, la renovación año tras año de nuestra fuente de riqueza, señal de que otra vez era de bienes.

Era nuestra fiesta.

La de mi familia, también la de todos los trabajadores de la salazón, de los pescadores que nos proveían de la materia necesaria y de sus familias. Todos éramos todos. Celebrábamos el trabajo, el agua y el pez. Era lo contrario al ayuno y a la penitencia. Un recreo en la tierra, la sal, el mar y sus frutos.

Era nuestra fiesta.

Las grandes fuentes de pescado en conserva se mezclaban con las de cerezas que mi padre hacía llegar desde el mar Negro, las primeras granadas de la temporada, miel, queso, aceitunas, dátiles, masas horneadas, cebada y centeno. A orillas del lago, la piel de los pescados grandes crepitaba sobre brasas. Los sabores, los aromas y el bullicio recorrían las callejas de todo Magdala.

Era nuestra fiesta.

Se alargaba hasta el día siguiente y más aún. Hombres, mujeres, criaturas bailaban al son de cuerdas, vientos y pellejos tensos que ellos mismos traían, tocaban en barullo. Música de día, confusión de tarde, ebriedad nocturna. Llegaban músicos desde Meroe, en África, desde la vecina Persia, más de un amanecer música a música. Así lo celebrábamos.

Era nuestra fiesta.

Así ofendíamos a los siempre dispuestos a la ofensa. «Nosotros no ofendemos —repetía mi padre año tras año—, se ofenden ellos solos.» Reía y bromeaba sobre ese empeño de los píos en escandalizarse. Año tras año las mismas palabras, sus mismas chacotas, sus mismos brindis, sus mismas danzas y agradecimientos a sí mismo, a quienes trabajaban juntos, él y el resto. No era hombre expansivo ni dado a muestras de alegría o afecto. Ese día y ningún otro estallaba de felicidad. Durante aquellas horas mi padre flotaba sobre los instrumentos y el alma del vino.

Era nuestra fiesta.

Yo aquel año celebraba además mi primera menstruación y ya sin compromiso. Conmigo, las mujeres de la casa. Fiesta de puertas adentro. Muchachas, pupilas y doctoras sacaban las cajas de afeites, marcaban sus ojos de hollín con instrumentos de marfil y madera que me fascinaban. Por una vez dejaban de ser invisibles, sí, de puertas adentro. Mujeres que no gestan, hembras merecedoras de desprecio si acaso existieran.

Aquella era mi fiesta.

Por primera vez me pinté de verde los párpados con malaquita en polvo, me decoré junto a ellas brazos y tobillos con aros de metal y nos trenzamos cuentas de colores. Allí palpitaba el no estar de mi madre, en el espejo de bronce que fue suyo y sigue siendo mi mayor tesoro. Una mujer radiante. ¡Yo! ¡Una mujer radiante, yo! Colgando la mirada de mí misma, hija de la austeridad impuesta, gocé el *garum* con miel de los días grandes.

Aquella era mi fiesta. Nuestra fiesta. Aquel día era el mayor.

Durante las semanas más calurosas del año, los almacenes destilaban el mejor *garum*. Las vísceras de los pescados fermentadas con especias y hierbas, cubiertas con sal y secadas al aire requerían el castigo del sol más picante. Entonces, todos los almacenes funcionaban, incluso los menores, cerrados el resto del año, y se filtraban cubas de *garum* para enviar a Roma. Era el bien más preciado entre sus alimentos. Usábamos coriandro, menta griega, eneldo, orégano, hinojo y apio. La calidad del néctar resultante era tal, tal el punto exacto de sal y aroma, que volaba en los mercados del Imperio. Sí, las vísceras de los peces pequeños del mar de Galilea. De eso se trataba. El agua dulce conseguía que se diferenciara del resto de aditamentos comercializados desde las regiones más occidentales, desde Hispania, cuyos pescados de agua salada resultaban grasos a nuestro parecer.

Aquella era mi fiesta. Nuestra fiesta. Un día, un único día para celebrar, tañer y bailar un año de trabajo.

Irrumpieron bien entrada la noche. Han pasado muchos años y en mi memoria queda un desbarajuste en espiral, una sacudida sin comienzo que aún hoy no ha terminado, ahí está y aquí sigue. El movimiento brusco penetró mi sueño y era el sueño mismo. De repente, me encontré en la sala de los partos. El resto de las habitaciones del pabellón pequeño, las de las operaciones, las curas y las ciencias concretas, solían cubrir la entrada con una tela clara, de un ocre lavado. La de los partos y su contrario era la única con puerta. Ahí, yo. En el quicio, el Gigante se abría en cruz para cerrar la entrada y mi salida. Los alaridos brotaron de mi propio sueño y los vi rebotar contra las paredes. El aire agitado por fieras temblaba una desbandada de diminutas aves, lo echaban a vibrar y eran pájaros de sangre.

La muerte sacude la existencia como una turba en tromba.

—¿Qué pasa? ¿Qué pasa? ¿¡Qué pasa!?

Mis gritos estallaban contra el Gigante en llantos sin fruto. La certeza de una agresión contra mi felicidad recién estrenada. Un futuro de filos enemigos. La soledad primero se presiente. Después, ya solo carne. Las cosas son así. Así. Las personas sin vida son carne, como los animales dispuestos para el fuego, carne donde no queda nadie, ni aquellos a quienes más amamos, ni el odio permanece allí donde hubo pálpito. Odiar en vano resulta imperdonable. Permanece el amor. Pero se sobrevive. Se sobrevive a la carne y a la muerte. Así es.

Amanecía ya cuando, como el destello ciego de un mundo que acaba de nacer, llegó el siniestro silencio que sucede al dolor. El Gigante abrió la puerta y asomó la cabeza. Decenas, centenares, de hombres, mujeres y criaturas, qué sé yo, toda la casa alfombrada de ojos sin lágrimas, las bocas entreabiertas. Recuerdo que tuve la sensación de que respiraban todos a la vez, el jadeo de un solo cuerpo amorfo. Pisé cabezas y miembros en mi camino tras el Gigante. El silencio troceado y descompuesto llegaba hasta el almacén grande y allí se rompía en gemidos. Solo las doctoras iban de un lado a otro, ensangrentadas las túnicas, los brazos, las piernas y el cabello, decoradas todavía con sus abalorios convertidos en grilletes siniestros. Me detuve en la entrada sin ver ni pensar, siendo nada, y ahí permanecí quién sabe cuánto tiempo, hasta que Ana reparó en mi presencia y corrió hacia mí.

Ya no era Ana.

Yo tampoco era yo.

No permitieron que viera la cabeza de mi padre.

Reconocí su cuerpo.

Agua, agua, agua, agua, agua, agua, agua, agua, agua, agua, roca, roca, roca, roca, roca, roca, roca, roca, roca, roca, polvo, polvo, polvo, polvo, polvo, polvo, polvo, polvo, polvo, polvo, vidrio, vidrio, vidrio, vidrio, vidrio, vidrio, vidrio, vidrio, vidrio, vidrio, diamante.

Diamante.

Diamante.

¿Cuánto tiempo permanecí convertida ya en diamante? ¿Cuánto es siempre? ¿En qué parte de mi pecho permanece todavía hoy? Tuvieron que pasar unos días hasta que alguien sin piedad me relatara su decapitación. Para entonces mis restos iban tomando consistencia y empezaba a añorar un desencajarme.

Sin embargo, se sobrevive.

Se sobrevive a la carne y a la muerte.

Así es.

9

Los zelotes decidieron actuar en nuestra mayor celebración del año, tan ajena a sus sagradas ceremonias, perpetrar su masacre, matar y decapitar a mi padre. Acuchillaron a otro medio centenar de personas, hombres, mujeres y niños por el simple hecho de celebrar de manera inocente nuestra forma de vida, un trabajo cuyos réditos procedían de Roma. No pocos murieron y muchos quedaron mutilados. Las doctoras trabajaron sin aliento durante las semanas siguientes. Yo las veía pasar, pero no ayudaba. Yo no era más que mármol y en el mármol pasaba las horas tumbada como una escultura, en blanco como las esculturas piensan.

Durante muchos años reconstruí una y otra vez lo que había visto aquella mañana en el almacén. No quería que se me borrara el más mínimo detalle, miembros, tajos, sangre, vísceras. Me enviaron a Roma, allí donde los poderosos seguían disfrutando de nuestra conserva. Los opulentos sin alma fueron mi educación. En Roma alimenté mi odio multiplicando mi trabajo, mi fortuna y mis desafíos. El enojo del Sanedrín ante la matanza de la fiesta de las conservas permitió cierta paz en Magdala. Duró poco.

Me llegaban noticias que apenas rozaban mi entrega a la nada. Cuando volví de Roma, años después, yo ya era una mujer muy rica. Una hembra poderosa por encima de sus oraciones. Implacable.

Solo ahora me ha dado por tejer el pasado que llevó nuestras vidas hasta ese momento, la concatenación de poderes, intereses y crueldades.

Debe de tratarse de la Historia, que ya me atenaza las articulaciones, y de la reconciliación, por fin, con la vida, con el pasado. Hace ya muchos años, al enfrentarme al Nazareno, me desnudé del odio. En ocasiones, ya desaparecido él, confieso que aunque solo fuera para sentirme viva, he estado tentada de recuperarlo. Bah, una pérdida de tiempo. Ya no estoy para perder el tiempo. El odio es un tesoro demasiado valioso como para entregarlo a las cabras. Ese avance lo agradezco a la edad. Al ritmo de la madurez, se ha abierto en mi interior la furia, cuánto mejor, como una flor carnívora, hasta crear ahí una madriguera a salvo de interrupciones y exigencias sociales. Es una furia íntima, abrigada, contra la idiotez.

Ahora la vida de los seres humanos sencillamente sucede ante mí, y en ocasiones incluso participo, sin ánimo ya de seducción. No me refiero a la seducción amorosa, que también, aunque esa es la primera que desaparece, sino a la necesidad, la imposición de ser amable, de resultar agradable, de prestar atención, siquiera de fingir que lo hago, de sonreír o acicalarme. Con una túnica de hilo crudo, un escueto recogido del cabello y las sandalias de cuero me basta para no aparecer desnuda ante las muchachas. Los chales, cuando refresca, aún proceden de los días en los que celebraba fiestas, y sobre el esqueleto de mi austeridad supongo que resultan graciosos o estrafalarios para según quien los vea. Hace años que no uso afeites. Guardo el espejo de bronce de mi madre y cada día lo enfrento. A menudo la veo a ella, a quien jamás conocí. Ahí está, mirándome tal y como habría sido llegada a la senectud. Mi senectud es la suya. Me miro y veo a una mujer de pelo ya cano, ojos castaños y gesto sereno, algo desafiante. Flaca y vieja, pero no con la piel surcada, sino traslúcida, una gastada capa fina y mate. Los labios trazados en rojo, la nariz pequeña y afilada, el cuello largo y flaco parece el de un ave. Soy mancha semejante a una hoja en otoño, ocre, naranja, amarronada en claro y algo verdosa en los límites, una hoja suspendida en el aire entre el árbol y la tierra húmeda, dispuesta ya a descomponerse.

Hasta el día en el que me he sentado a escribir estas palabras, no he practicado ninguna de las artes, ni se me ha pasado por la cabeza hacerlo, pero he disfrutado de todas ellas. Esto que ahora hago nada tiene de arte, sino de memoria. El arte de las letras es cosa distinta. Ordena los adentros y el cerebro una y otra vez y otra. Las letras lo consiguen en todas y cada una de las ocasiones que una vuelve a visitarlas, y en cada momento la disposición resultante es distinta, la entraña se renueva en cada lectura. Ese es el arte de escribir. El arte de escribir, oh, sí, necesita del arte de leer. Y este necesita a su vez del arte de vivir. Y este... Fin. Es un círculo y yo no puedo entretenerme. Baste decir que no he practicado ningún arte y, sin embargo, las letras, la música, la danza, la escultura, todas han echado a volar mis órganos y tantas, tantísimas veces me han conmovido.

Lo anterior debo agradecérselo a mi padre. También mi destreza en la economía, mis conocimientos de la ciencia del cuerpo, el cálculo y la astronomía, y una peligrosa predisposición a ceder el espacio que habito para menesteres distintos al de habitarlo. Algo debió de haber de todo ello también en mi madre. No me lo imagino a él junto a una muchacha que le fuera completamente extraña o solo útil para alivios sexuales y reproductivos. Mi aspecto, sin ir más lejos, procede sin duda de ella, porque ni uno solo de mis rasgos físicos recuerda a mi padre. Yo he sido siempre, y todavía lo soy dada mi edad, alta. He sido y sigo siendo flaca, de miembros largos y claros. Mi padre era un hombre robusto y algo sarmentoso, vencido hacia delante, en una inclinación que, si le hubieran dado tiempo, habría terminado en corcova. «Yo parezco un olivo viejo —bromeaba a veces pese a su juventud—. Pero tú eres como tu madre, una palmera alta, graciosa y desgarbada.» Me disgustaba lo de desgarbada. Creo que ni lo era ni lo soy, y que todo se debía al afán de mi padre de que me pareciera a ella. Jamás volvió a tomar esposa.

Dinastías, genealogías, rastros de nuestro paso por esta tierra tras rastros de otros pasos, tras rastros a su vez desde el origen.

Sí, volví de Roma, años después del asesinato de mi padre, convertida en una mujer durísima, poderosa y salvaje. Solo el diamante rasga el miedo. Nada queda de ella en mí, nada de aquella que fui porque nada hubo. Pasó sin rozarme. Cuando volví a Magdala, hecha ya una bestia, no guardaba dentro un ápice de Roma. Durante mis años en la capital del Imperio acaté aquella frivolidad caduca y cumplí con lo que se esperaba de mí. Dejarse ser resulta fácil, sobre todo en esos ambientes de deleite, sin embargo, yo solo era de piel adentro. Ni siquiera conservo recuerdo serio de mi aspecto o mis movimientos de piel afuera. Hasta ese punto.

10

Zebedeo era un buen hombre, un hombre cabal. Su trabajo consistía en salir a la mar y negociar conmigo, solo negociaba conmigo, no necesitaba más. Y mientras estuvo Lucio, negociaba con él. Me gustaba Zebedeo. Me gustaba cómo nunca dejó de salir a pescar. Controlaba sus barcas y jornaleros, la faena de sus socios, amanecía en mis almacenes pero jamás dejó de echar su propia red. La red es una forma de vida y su ausencia la muerte, eso lo saben quienes trabajan. Conocía el mar de Galilea como los perros se hacen con cada calleja de la ciudad, con todos sus sentidos, cabeza, piel, olfato. Se podría pensar que, al fin y al cabo, el mar de Galilea, al que llaman el lago Tiberíades, no es una extensión tan grande de agua, y sin embargo, solo los hombres como Zebedeo conocen el latido de su batiente, sus estaciones, la temperatura y el movimiento de sombras que dibujan los bancos de peces para provecho de los pescadores. Para nuestro alimento.

Eso es. El alimento es.

En Magdala, Zebedeo era un rey del mar. Sus pescados llegaban desde Betsaida, merecía la pena. Era rey y trabajaba para mí. Escribo esto y recuerdo a mi padre: «Tú eres una reina». Nunca me gustó. En cambio, ahora...

Llegó a la casa aquel día del fin de verano en el que yo iba a empezar otra vida pero aún no lo sabía. Otra vida. Qué iba a saber yo entonces de lo que era vivir en mí, mi propia vida, qué iba a saber más allá de alimentar un personaje. Qué.

Había llegado del Imperio y, al trazar estas palabras, sé que debería escribir sobre mis años en Roma. Estoy tentada de hacerlo, pero¿para qué serviría? Voy dejando constancia aquí de cómo me transformaron, de quién fue aquella que siendo yo y sin serlo regresó a Magdala.

Bien, Roma. Bien... Llegué recién enterada de la decapitación de mi padre a la residencia de Julia la Menor, miembro de la familia imperial, o así lo recuerdo. Ignoro la razón, pero fue allí donde me acogió la élite. Desde el gobierno de Calígula me he desentendido de estas cosas. Sí recuerdo que allí crecí aprendiendo los manejos de la abundancia y, más, del exceso. Nadie se ocupó de mí más allá del alimento y el atuendo. Compartí banquetes, bacanales, conspiraciones y las múltiples formas de dejar que el tiempo pase. Debo decir, en honor a la verdad, que nadie trató de abusar de mi cuerpo. En fin, viví durante años como una planta extraña e intocable de tierras lejanas. Una planta.

Tuve, por supuesto, mis tratos íntimos con hombres y mujeres, jóvenes en su mayoría. Aprendí poco de aquello. Ah, pero además de los archivos de los palacios a los que yo tenía acceso, existían en la capital las bibliotecas abiertas para la lectura. De allí conseguía copias para seguir obedeciendo el mandato de mi padre de leer. Sin ellas, habría muerto de hastío o ebriedad. Les debo esta escritura.

Más allá de los escritos, en el palacio de Julia la Menor y los que le siguieron, no recuerdo cuántos porque en todos ellos la rutina era igual, habría acabado en una inevitable molicie de placeres efímeros cuyo final era la muerte.

Pero volví.

Zebedeo llegó a casa poco después de mi regreso y no era algo habitual. Solíamos encontrarnos en los almacenes junto a la Torre de los Peces y las dos veces que se había acercado fue con la aprensión de quien ignora si está abierta la jaula. Jamás permitió que le invitara a comer o beber, ni siquiera una taza de agua. Se podría decir, y es una simplificación, que Zebedeo era un hombre austero. Hombre y austero. Y que yo no era ninguna de aquellas dos cosas, ni hombre ni austera. Una simplificación, pese a encerrar, como todo bosquejo, su verdad.

Desde que quedó claro que volvía dispuesta a seguir el negocio de mi padre, cundió una sensación primitiva de ofensa, no solo en Magdala, no solo en Galilea, una ofensa que llegó hasta Jerusalén desde todas las poblaciones que rodean el Mar. Allí mi regreso contravenía todas las tradiciones. Pero las tradiciones no existen porque sí, y esta enseñanza sí debo agradecerla al Nazareno, a su desacato; el monte, el sábado, el rito y el castigo sostienen el poder del poderoso. Qué simplificación. Qué violencia.

Cómo iba entonces a pensar aquello, me refiero a expresármelo exactamente en su esqueleto. Yo era pura intuición. No tenía, además, tiempo ni espíritu. Resultaba evidente que esa ofensa no solo venía del hecho de ser mujer, de haberme convertido en una extranjera, no es que contraviniera unas normas abstractas, sino que suponía una amenaza para ellos, para los judíos, los idiotas, al encarnar una posibilidad. Yo era posible. Por eso el trato de Zebedeo conmigo era fundamental, no solo importante, fundamental. De ahí sus distancias. Y por lo mismo resultaba indispensable preservarlo.

Qué imbécil fui. Él estaba ahí, siempre estuvo ahí, pero yo aspiraba a un alarde. Qué imbécil. Cómo no supe valorar lo que suponía para un pescador, un hombre de Galilea, unir su trabajo a mi industria.

Aquel mal día del fin del verano en el que mi vida cambió para siempre, mi furia se había desatado. Ay, esta furia mía. Las provisiones de pescado fallaban y todo lo que minuciosamente había construido desde mi vuelta parecía cuartearse como tierra seca de profeta. Aún lamento ahora cómo me comporté y, lo sé, no vale la excusa de que no podía permitírmelo. No se trataba de una cuestión económica. No podía, iba en ello el personaje de mí misma que había construido contra la violencia, iban en ello todo mi miedo y mi odio acumulados. Cómo admitir en las entrañas tal violencia. Me queda aún la sensación, más, la certeza de haber sido brutalmente injusta con aquel hombre fiel, compañero a su manera de mi enloquecido empeño por continuar la empresa, continuarla siendo mujer, faltando a todo respeto, toda norma y todo recato. Zebedeo siempre estuvo ahí.

No era un empresario amable. Ahí me recordaba a mi padre, en su forma de alejarse estando cerca, de rehuir el contacto, de mantener las distancias, no sonreír y rechazar la condescendencia. Probablemente por eso confiaba en él.

Había pasado en la capital del Imperio los años suficientes para instruirme en letras, botánica y medicina. Una década echando de menos el olor del *garum*, de las tripas y las escamas, de las ánforas al sol. No hubo un solo día de mi exuberante desarrollo en aquellos palacios en que no añorara mi hogar. A mi regreso no tenía duda alguna sobre lo que quería. Lucio había llevado rigurosamente, como era de costumbre, la industria. Había ido ingresando en las arcas familiares todo lo que daba de sí el comercio sin permitir que el ritmo decayera. Cuando vio que la edad le mermaba las capacidades, que los huesos no le daban de sí como me sucede a mí ahora, me hizo llegar su decisión de retirarse. En el preciso instante en el que recibí su mensaje, lo dejé todo y partí de regreso a Galilea.

Allí, todas las cosas parecían conservar su ser, excepto Lucio y la casa donde vivíamos mi padre y yo, clausurada desde mi partida, todavía niña. Las doctoras permanecían en el ala de invitados y el pabellón de las curas cumplía exactamente su función. En cuanto a Lucio, el tiempo había hurgado cruelmente en su esqueleto. Él, que siempre había sido un hombre enjuto con voluntad de mueble, de una elegancia larga y matemática, se había desbaratado. La espalda, los dedos, las rodillas, todos sus huesos se retorcían sin asomo de fin y con dolor.

Pese a eso, cuando regresé de Roma con el Gigante, aún pasó un año largo a mi lado, poniéndome al día de contabilidades, trucos, referencias y caudales, como si no le atormentara cada juntura del cuerpo. Ay, cuánto le entiendo ahora.

Tuvo que irse Lucio para que comenzaran los ataques a los almacenes. Los fanáticos y sus sicarios entraban por la noche en el patio de las conservas y partían a golpes las tinajas donde fermentaba nuestra riqueza y la forma de vida de los trabajadores. ¡El alimento! Nada sabían, nada pensaban de formas de vida, pero el miedo cundió entre los pescadores y sus familias. Nadie me dio sus nombres ni los señaló, los destructores venían de más allá, desde Judea, desde Jerusalén. Galilea era tierra de comercio, de paz. Aquellos fueron tiempos de desespero y rabia. Muchos de quienes me rodeaban insistieron en que abandonara mi delirante empresa. Incluso el viejo Lucio se acercó hasta la casa a advertirme. «Esto —me dijo— no merece que le des la vida.» Recuerdo que pensé que sí, que sí lo merecía. Cuánto cambian las cosas en poco tiempo, qué pronto comprendí que la muerte no es jamás una opción.

Solo Ana y Zebedeo, el pescador, permanecieron siempre junto a mí en aquel tiempo. Ana, sencillamente sentándose a mi lado en las escaleras de la casa, oponiendo su silencio amable a mi llanto y mi exasperación. Zebedeo, cumpliendo con regularidad estricta sus funciones de proveedor. Él y las barcas que poseía, más sus jornaleros.

Supe que habían quemado todas sus embarcaciones en una tarde con rumor de alud. A la mañana siguiente le hice llegar todo lo necesario para que las repusiera. No recibí respuesta, pero tres días después sus hombres estaban a las puertas de mis almacenes con las cestas llenas. Al poco, volvieron a quemárselas y yo respondí de la misma manera. Conseguir barcas, buenas barcas, no era tarea fácil, pero tampoco resultaba un problema para mi fortuna. Sucedía lo contrario con el miedo y los recelos de las gentes y los trabajadores.

Aquel día de finales de verano en el que todo cambió, ya habían pasado bastantes años desde mi regreso a Magdala, y algunos desde los ataques a los almacenes y el fuego. Años y todo había ido a peor. Ya no quemaban las barcas que faenaban para mí, ni rompían las tinajas de las salazones. La violencia de los gobernadores del Imperio sangraba Judea, Galilea y sus alrededores mientras yo seguía negociando con Roma. Ya no se trataba solo de si era o no una mujer sin hombre. Mi fortuna procedía del mal. Las fiestas de mi casa se tornaban clamores de infame decadencia, vistieron mi negocio de postura política. Todo en Jerusalén se pudría en política. Mi mera existencia merecía castigo.

Yo era una posibilidad a eliminar.

A veces la sangre se huele. La muerte salta de tejado en tejado, barre las callejuelas dejando tras de sí un hedor de cuchillo curvo. Nada es comparable. Ni el ataque a los míos, ni los escupitajos en la calle a mi paso. Nada es comparable al aroma de la muerte cuando te sobrevuela.

Aquel día Zebedeo llegó mesándose la barba, ensombrecido, abatido por una derrota a compartir serenamente, pero mi furia estaba cercada de sangre. El miedo había vuelto a ocuparme. El miedo a perderlo todo, a fracasar en mi lucha por ser como había decidido, el terror que gotea de la cabeza recién cortada de un hombre. La decapitación de mi padre aquel amanecer de miembros cercenados, de avernos sobre pulpas aún sangrantes.Había necesitado años de exilio, de excesos imperiales, de tejer primorosas imposturas. Años de rebañar las sangres. Había regresado vestida de venganza. Así ataviada hice de mi negocio un personaje. Y de repente volvían el miedo, los recuerdos peores.

—Qué te has creído, viejo inmundo. ¿Te has creído que la pobreza puede amedrentarme? ¿Os creéis que vuestro cerco puede destruirme? Sabed que no temo vuestro desprecio, vuestras malas artes, vuestras amenazas. Sí, amenazas. Mírame a la cara. Amenazas he dicho. ¿Creéis que hurtándome el pescado conseguiréis ponerme de rodillas? No pudo la muerte conmigo. No pudieron sangre y cuchillo con mi familia. No tengo miedo, mírame a la cara, Zebedeo. No os temo.

Antes de darse la vuelta y marcharse arrastrando las sandalias, el viejo pescador solo dijo una cosa:

—Mis hijos Santiago y Juan se han ido. Simón Pedro, mi socio, también ha abandonado la pesca.

11

Esto es lo que no soy, lo que no somos.

Abraham engendró a Isaac; Isaac engendró a Jacob; Jacob engendró a Judá y a sus hermanos; Judá engendró a Farés y a Zara, de Tamar; Farés engendró a Esrom; Esrom engendró a Aram; Aram engendró a Aminadab; Aminadab engendró a Naasón; Naasón engendró a Salmón; Salmón engendró a Booz, de Racab; Booz engendró a Obed, de Rut; Obed engendró a Jesé; Jesé engendró al rey David. David engendró a Salomón, de aquella (que había sido mujer) de Urías; Salomón engendró a Roboam; Roboam engendró a Abía; Abía engendró a Asaf; Asaf engendró a Josafat; Josafat engendró a Joram; Joram engendró a Ozías; Ozías engendró a Joatam; Joatam engendró a Acaz; Acaz engendró a Ezequías; Ezequías engendró a Manasés; Manasés engendró a Amón; Amón engendró a Josías; Josías engendró a Jeconías y a sus hermanos, por el tiempo de la deportación a Babilonia. Después de la deportación a Babilonia, Jeconías engendró a Salatiel; Salatiel engendró a Zorobabel; Zorobabel engendró a Abiud; Abiud engendró a Eliaquim; Eliaquim engendró a Azor; Azor engendró a Sadoc; Sadoc engendró a Aquim; Aquim engendró a

Eliud; Eliud engendró a Eleazar; Eleazar engendró a Matán; Matán engendró a Jacob; Jacob engendró a José, el esposo de María.

Así que todas las generaciones son: desde Abraham hasta David, catorce generaciones; desde David hasta la deportación a Babilonia, catorce generaciones; desde la deportación a Babilonia hasta el Maestro, catorce generaciones.

Es una simplificación. Solo es la raspa.

La raspa: más de cuarenta engendradores. Los números ordenan lo que somos. Más de cuarenta engendradores. Y ningún parto. Cuánto engendrar y qué poco parir. Ninguna hembra engendrada. Son números, ninguna. Ninguna hembra merece constar. El macho necesario.

Ah, pero todo aquel que engendra se acoraza sobre su engendro y sobre el vientre que lo alberga. Esto es así, siempre ha sido así. Todo el que engendra ocupa, vigila, decide poseer. Ay del vientre cuyo engendro no le pertenezca. Aun el vientre pertenece.

Yo no engendro.

En el fruto de quienes engendran solo merece fiesta aquel que tiene la capacidad de volver a engendrar. El semen del semen engendra semen y semen nace. Y en ese engendrar y nacer late la incapacidad de gestar y alumbrar. En casa de eso sabíamos mucho. Las mujeres sentadas en el trono de parir, alaridos, bufidos, el golpe de sangre y las gelatinas, la alegría del fruto macho.

Conozco las generaciones.

Sus voces lanzan contra nuestra membrana las generaciones.

Mujeres somos. Hembras somos. Fuente de todo linaje.

Fuente.

Prueba Abraham, prueba David, prueba Ezequías, prueba Jacob, demuestra que aquello que yo alumbro es fruto de tu fruto. Átame, levanta una coraza adosada a mi cuerpo de mujer fecundada, vigila cada centímetro de mi cuerpo y después de nueve lunas atrévete a descartar cualquier duda sobre tu engendro, sobre mi fruto, sobre mi entraña y tu paternidad.

Soy la que pare lo que es mío.

Mío y por lo tanto de nadie. Vida.

Suplica, llora a mis pies y te concederé que sí. Pero no podrás, porque yo soy la que no engendra. Así lo decidí y mi opción causó dolor. Las opciones de una causan daño en otras. ¿Deberíamos por eso dejar de optar? Lo niego. Decido ignorar el sufrimiento que mis decisiones provocan. La crueldad forma parte de la existencia como las atenciones, como la entrega.

Oh, sí, el linaje de David, su tribu, y el último de la tribu, José, padre del Nazareno, hombre fecundador de la niña virgen, María la entregada, María la que sirve. Pero la tribu es la tribu y así debe de ser, así es. Después de la lucha entre las tribus, de las desapariciones y la diáspora.

Una vez una mujer le preguntó al Nazareno: «Maestro, ¿cuándo terminará la violencia de los hombres?» «Cuando dejéis de engendrar», respondió él. No podía creerlo. En casa, nosotras habíamos llegado a una conclusión parecida. De eso se trata. En nuestro caso, no exactamente como una forma de lucha, sino un modo de no participar. Una puede luchar contra algo de muchas maneras. No participar en ello me parece la más inteligente. Habíamos decidido no engendrar. Pensamos entonces que podíamos correr riesgos, pero el desprecio de las autoridades morales fue mayor que su necesidad de castigar. Quizás ni siquiera entendían. Primero nos miraban desde la distancia como se contempla a las fieras enjauladas. No suponíamos amenaza alguna mientras ellos mantuvieran firme su papel de jaula. No de carceleros. De jaula. Luego sencillamente desaparecimos de lo que veían.

Fue la mía una decisión plenamente consciente. Ana y las doctoras tampoco engendraron. Despreciadas como seres infértiles, desaparecían, y ellas aceptaban gustosas la desaparición. Entonces, nada. Si desapareces, ya nada puede sucederte. Eso, exactamente eso, les permitió la ciencia, la escuela y el acceso a los cuerpos. Yo no lo elegí, yo era eso. Nací y crecí contemplando su trabajo, el dolor, las muertes en los partos de las criaturas, de las madres, las vírgenes reventadas, las hijas fecundadas en familia, los tajos y los cuerpos rotos. Además, el asco y el odio, sobre todo el odio. Jamás rechacé, como sí hicieron ellas, el contacto con hombres ni el placer de mi cuerpo penetrado, de la piel lamida, la danza del sudor. ¿Cómo hacerlo? Iba conmigo el deseo, el mismo deseo que me une a perras, cabras y alimañas.

Pasados tantos años, sentada aquí, caigo en la cuenta de que finalmente sí he decidido dar fruto. Este es mi fruto. El de mi vientre, el de mi experiencia, el de mi conocimiento. Un fruto contra nada y contra nadie. ¿Fruto del odio? Podría ser. No del odio actual, que ya no es. Del odio que durante tantos años, todos mis años fértiles, me dediqué a alimentar trabajando como un macho, ordenando a los hombres, generando fortuna sobre fortuna. ¿Engendrar alimentos y riquezas podría compararse a engendrar vida? ¿Ha sido mi existencia menos fructífera que las de aquellas que dieron hijos a esta tierra? No me quita el sueño. Ellas dejan memoria de la tribu encarnada en sus hijos. Yo escrita en estas páginas. ¿Quién osa decidir cuál tiene más futuro?

12

La de Zebedeo era una casa blanca y luminosa. El patio, amplio, se abría en macizos de arbustos con flores rosas y blancas; en una esquina correteaban algunas aves de corral y dormitaban un par de cabras. La tierra allí dentro, pisada, parecía más clara, y si levantaba polvo, este había sido meticulosa, amorosamente retirado, como se retira el polvo en los hogares donde no hay nada que esconder.

Por la noche había caído una tormenta sin luces y yo había soñado que las tinajas se me llenaban de agua, se echaba a perder la segunda producción estival, y al fondo, cuando las vaciábamos, en lugar de los restos calados del pescado, calados e inservibles, gusaneaban miles de lombrices de un blanco nauseabundo, translúcido.

Así que, al despuntar el alba, me encaminé hacia la casa de Zebedeo en Betsaida, a unas cuatro horas de camino de Magdala por tierra. Era temprano y aquí y allá aún no se habían desecho los bultos de los durmientes en la calle, empapados. La mañana, quizás por la tormenta reciente, no había dejado ninguna herida a nuestras puertas y en el aire lavado la humedad jugaba a moler sin culpa los huesos de los ancianos. El orate llamado Macabeo gritó al paso de mi montura un improperio sin articular y escupió al suelo. Como una fiera ante mi bestia, el Gigante le calló la boca con un mínimo gesto de mandíbula.

La mañana fue alzando el sol a medida que recorríamos el camino de Magdala a Betsaida. Eran horas de viaje tranquilo bordeando el mar de Galilea hasta cruzar el río Jordán.

Pasamos por Cafarnaúm, renuncié a tomar una embarcación y seguimos el camino hasta el río. A esa hora, aquella gran ciudad zumbaba sus almíbares comerciales y las rutas hacia el puerto ya no recordaban la noche. A la salida, durante cerca de treinta minutos, se nos unió una comitiva de mendigos. Algunos de ellos proferían gritos que no podía saber si eran de júbilo o imprecaciones. Una mujer apenas cubierta con restos de estopa gritaba que el gigante era un demonio y que iba a infectar las tierras. No reímos. En los últimos campos cercanos al camino volvimos a quedarnos solos por un rato. Imagino que les disuadió la aparición del desierto rocoso. O quién sabe, o nada. Quién sabe qué tuerce la opinión de mendigos, enfermos y delirantes. Quizás el aburrimiento.

Se revolvía aún en mi cabeza la masa de lombrices como un miembro en putrefacción. Había visto demasiadas veces, y una sola ya es demasiadas, la forma en la que empiezan a aparecer los gusanos de la muerte en cuerpos todavía vivos. Así sentía el interior de mi cabeza cuando dejamos atrás Cafarnaúm y su ajetreo de calles, monturas y carretas.

Después de un par de horas de camino ya no recorríamos solos la ruta del mar de Galilea, pese a que el mar es un imán que vacía de almas el desierto. Cerré los ojos y aspiré el avance de un sol nuevo entre aquella humedad aún perfumada de tormenta. Respiraba con el ansia de secar los gusanos que se me retorcían dentro. Era por el modo imperdonable con el que había tratado a Zebedeo la tarde anterior. «Así es. —Eso me repetía—. Así es. La injusticia y la vileza, igual que la usura o la crueldad, pudren los interiores. Pudren las partes blandas del cuerpo, yo lo sé. He visto desde niña las matrices en descomposición de las mujeres devoradas por el odio y la amargura que los hombres vierten en ellas.»

Me dirigía a pedir disculpas a Zebedeo y su familia. Y también a comprender por qué sus hijos y sus jornaleros estaban abandonando la pesca, su forma de vida, la fuente de alimento para sus familias, y de paso mi negocio.

Llegamos a Betsaida con el sol en lo alto y al amparo de nuestro silencio cóncavo. La casa de Zebedeo estaba junto al puerto, algo separada de los hogares menores, donde ya dormitaban sus jornaleros. El Gigante atraía todas las miradas, pero las gentes de Betsaida sabían de mí, me conocían, murmuraban, y las mujeres cubrían sus rostros a mi paso. En Magdala, la Torre de los Peces solía servir de bálsamo a mis cuitas. Sin ella, aun frente al mismo mar, el mío, no me sentía en casa, sino una extraña a las afueras hostiles de algún lugar que sin embargo es conocido.

La casa de Zebedeo lucía el brillo conciso de la sobriedad. No de la humildad, el de la austeridad. Salomé, su esposa, descansaba de algún esfuerzo reciente sentada al fondo del patio, en el quicio de la vivienda. Junto a ella, su hermana María hablaba. Me pareció que flotaba. Levantaron la vista cuando entré en el patio y me observaron con la serenidad de quien ve levantarse un airecillo de poca importancia. Tuve la sensación de que me estaban esperando. Los gusanos de mi cabeza, de las ánforas, empezaron a crujir de secado y polvo.

—Zebedeo duerme —dije en un saludo sin interrogaciones.

—Estarás cansada —respondió Salomé, y entró en la casa.

Su hermana María me miró ausente, con una simpatía tibia que apenas alteraba el tejido de sus pensamientos.

Al momento, Salomé regresó con algunos frutos secos y un jarro de agua. Mastiqué con hambre y bebí en silencio. Mientras tanto, se acercó al Gigante y le ofreció lo mismo que a mí y en la misma cantidad.

—Comprendo tu preocupación —repuso—. Mi esposo también la comprende. —Volvió a sentarse junto a su hermana y quedamos las tres unos minutos en silencio. Teníamos algo en común, algo que estaba sucediendo pero aún no había sido enunciado. Apenas compartíamos nada. Yo conocía a Salomé, cómo no iba a conocer a la esposa de mi buen Zebedeo, a la madre de Santiago y Juan, los hombres con quienes llevaba años trabajando. Con su hermana María había coincidido en una cena familiar pocos años atrás, o quizás el año anterior. El tiempo de entonces se enrosca hoy sin orden bajo la cáscara de mi caracol.

—Esperábamos al Mesías, Magdalena —murmuró Salomé—. Hace muchos años, generaciones, que lo esperábamos.

El silencio de las horas transitadas había depositado en mi ánimo un batir de respiración alada. Es la única razón que encuentro ahora para explicar por qué comprendí y acepté aquellos argumentos. ¿Era una explicación? Salomé y María no admitían, en su serenidad, ninguna duda.

El sol empezó a picar entonces, o yo empecé a sentir que el sol picaba. Pese a estar a la sombra de la entrada, largas gotas iban a hundírseme entre los pechos desde las sienes. Que ellas no sudaran me impuso un respeto poco común en mí y a la vez un acercamiento de abeja hacia sus flores.

—¿Qué mesías, Salomé? ¿Quién es ese mesías? —pregunté.

—Vamos dentro —propuso ella, y envió a un mozo a guardar mi montura y dar cobijo al Gigante.

La sobriedad de la casa me puso en evidencia, poco importa a estas alturas evidencia de qué, y un apuro por salir de allí tensó todo mi cuerpo.

—¿Qué mesías, Salomé? ¿Qué tiene que ver un mesías con nosotros, con nuestros acuerdos, con la pesca? —Miró a su hermana con gesto de espera.

—Es mi hijo —intervino María sin que ningún gesto acompañara sus palabras, y la vi tan joven como era imposible que fuera. Yo debía de rondar los treinta años y ella, como su hermana, eran al menos una década mayores. Mi cabeza se detuvo ahí. No sé cuánto permanecimos en silencio. Algo, alguna circunstancia o su ausencia, no había gastado la mirada de aquellas dos mujeres. Eso pensé. O tal vez fuera una transformación, y esto lo pienso ahora. Recordar podría ser una forma de mentirme. Quizás no se trataba de que el desgaste no hubiera sucedido, sino de que algo lo había borrado de su expresión.

—¿Estás contenta? —pregunté a María. Asintió con la cabeza, sin énfasis. Puede que viera una sombra de duda, o puede que me la imagine ahora, tras todo lo sucedido.

—¿Estáis seguras? —volví a preguntar, esta vez a las

dos. Ambas sonrieron. Yo no podía participar en aquello que compartían y las tres éramos conscientes.

Salomé volvió a ofrecerme la bandeja con las uvas pasas. Alguien, una muchacha, me acercó un jarro tosco con leche fresca.

—Mis hijos Juan y Santiago se han unido a su primo, el Mesías —explicó como si no tuviera que ver con su ruina, con la mía, como si no estuvieran echando por tierra todo lo que teníamos y éramos—. Simón Pedro, nuestro socio, ha dejado las barcas y le sigue ahora también.

—¿Cómo se llama tu hijo? —pregunté a María.

—Jesús.

Una urgencia de alarido se sumó a la necesidad de desprenderme de esa blancura inocente, empalagosa, algo que sentí como un alarde impertinente de virtud. Necesitaba gritar. «Ha dejado las barcas.» Esa frase tejía una telaraña en la que decidí no caer. No seguir con eso, no hablar, no permitirme comprender. Di media vuelta sin despedirme, salí al patio, recogí mi montura. El Gigante agarró las riendas sin interrogación en la mirada.

Y emprendimos el regreso a Magdala.

13

El camino de Betsaida a Magdala fue acumulando en mi vientre, mi garganta y mi pecho una rabia feroz. Una vez cruzado el Jordán, antes de ver las lindes de Cafarnaúm, dejé brotar el alarido que estremeció al Gigante y me empañó los ojos. No grité yo. Una convulsión de mi cuerpo emitió el sonido no de lo que se rompe, al contrario, de la fusión de algo que se compacta.

«Idiotas —bramé, y el Gigante apretó el paso—. ¡Idiotas, idiotas, idiotas!» Idiotas mis pescadores, e idiotas también aquellas dos mujeres iluminadas, aquel alarde de pureza, de levitación.

Rondaba la veintena cuando regresé a Magdala desde Roma para ocuparme de la industria de las salazones. Desde el asesinato de mi padre durante aquella fiesta de carnicería, no había vuelto a pisar Galilea ni, por supuesto, Judea. Tampoco volví a comer carne, una costumbre que aún conservo. Las aves de corral que alimentamos ahora aquí sirven para ofrecer sus huevos a quien los requiera, sobre todo a las muchachas. Jamás los he utilizado ni siquiera para los afeites. No era el mejor momento para llegar a Galilea.

La única forma que encontré entonces para protegerme y proteger a los míos consistió en plegarme a lo que se esperaba de mí, me gustara o no. Ahora no lo siento tan doloroso como entonces, pero sí permanece intacta la sensación de terror. Desde Jerusalén estaban pendientes de mi regreso. Lucio me avisó, Ana me avisó, las doctoras me avisaron y además yo no era boba. Habría tenido que ser una insensata, la insensata que ellos esperaban, para ignorar que no solo mis bienes sino mi vida y la de aquellos que me rodeaban corrían peligro.

Ellos esperaban la llegada de la hija del comerciante asesinado, la heredera, la griega, la romana, la acaudalada joven caprichosa y decadente a la que señalar, denostar, a la que convertir en símbolo de lo indeseable. Yo era una amenaza, y así me lo recordaban cada vez que me despistaba y abandonaba mi lugar. En esas ocasiones, cuando me ensimismaba y recuperaba cierta sobriedad, recibía alertas, rompían las vasijas, quemaban los almacenes o las barcas. En esos momentos el pavor me paralizaba. Entonces retomaba los excesos, la ebriedad y los espectáculos. Si necesitaban una extranjera, una infectada, una gentil indecente, eso tendrían. Si necesitaban grandes fiestas con hogueras decoradas de extraordinarios pecadores con músicos traídos de Meroe y de Siria que les hicieran retorcerse en danzas hasta el amanecer, eso tendrían. A cambio, me permitían llevar una vida sin demasiadas muestras de violencia.

Mi llegada hirió a las doctoras, y al principio se apartaron de mí. Lo hablé largamente con Ana algún tiempo después. No comprendían quién era aquella mujer que volvía de Roma con aires altivos, decorada de oros y piedras preciosas, estridente, empeñada en mostrarse en público sin recato. Tardaron tiempo en comprender.

Algunas de ellas no esperaron y dejaron la casa, las atenciones.

Resistí toda la soledad y todo el escarnio, hice de la frivolidad un estandarte. Contemplé la posibilidad de la muerte y la sangre, pero jamás, jamás, se me pasó por la cabeza que me venciera la idiotez.

14

Las reinas, las mujeres, su estirpe, el mar, la música... cualquiera de estas puede ser la razón del apego de mi padre hacia Meroe, tierra africana de las nubias. Tuvo que morir él para que yo supiera de la existencia de las Candaces, las soberanas negras, estirpe de guerreras. Ellas mandaron a buscarme a Roma en nombre de la reina Amanitore.

Todos los asuntos de la capital del Imperio en la que fui otra y definitivamente me forjé flotan en algún lugar de mi cabeza y no se fijan. No se trata de que no consiga arraigarlos, es que no quiero. Requeriría un escrito similar a este, pero no este. Mi intención es otra ahora. Sin embargo, debo al menos nombrarlas. No solo porque todo lo narrado y por narrar acaba en ellas, sino porque merecen tributo. Todo acaba en ellas.

Sucedió durante una celebración en casa de mis anfitriones romanos. ¿Cuáles? ¿Qué casa? Cada año, mi padre hacía llegar músicos de Meroe para nuestra fiesta anual. Eran hombres negros del Nilo cuyo aspecto nos achaparraba. Extraordinarios. Junto a ellos llegaban algunos eunucos, por lo que reconocí sin duda al hombre que me interpeló en una de las muchas fiestas en las que consistió mi primera juventud.

—¿Eres tú la de Magdala?

Al borde ya de la ebriedad le respondí que sí, que era yo. No recuerdo que me produjera sorpresa alguna su pregunta.

Dos días después partí hacia Nubia, al reino de Kush.

Quién sabe si se trataba de un mutuo reconocimiento entre las mujeres que gobiernan. Siempre lo he pensado así. Entre mi padre y las Candaces mediaba un respeto no exento de complicidad. Le recuerdo: «Tuvimos una reina». Él me alimentó con su tenaz insistencia en que descendíamos de la dinastía de los asmoneos, que Salomé Alejandra no solo fue la última reina de la dinastía, sino también la última persona en ocupar un trono independiente para los judíos. Y la única mujer que reinó. «Nosotros venimos de una reina, mi princesa», puedo verle ahora. También permanece entre los momentos jubilosos de mi infancia la alegría que desataba la aparición de los músicos negros y los eunucos de Meroe días antes de nuestra fiesta anual, la cercanía a nuestra familia, su amistad con mi padre. La reina Amanitore me recibió como a una igual.

Entendí entonces la diferencia entre acoger y amparar, entre acoger y apadrinar. Amanitore me hizo llevar hasta ella —junto a la que permanecí muchos días— para hacerme entender que no era anfitriona, sino que, tras el asesinato de mi padre, allí tendría un lugar al que acudir. Cuando fuera. Por lo que fuera.

15

A veces me gustaría estar sola, tumbarme desnuda sobre el mármol enroscada en mí misma, si mis junturas me lo permitieran, y dejar que el tiempo desapareciera, se comprimiera o se expandiera. Levantarme y que ya hubiera oscurecido. O, al contrario, desplegar mi larga osamenta y que hubiera transcurrido apenas un minuto.

Llevo años en esto. ¿Qué es esto? No tengo respuesta. Podría decir que se trata de una forma de existencia, una forma de habitar esta tierra y por ende de habitar mi vida, mi cuerpo. No me ofrezco. No es eso. No hay en mí un ánimo de sacrificio. Más bien, aunque no estoy segura, una forma de responsabilidad, un compromiso. Pero también podría ser venganza o, muy a mi pesar, soberbia.

Recuerdo todas y cada una de las veces en las que he sido traicionada. Es muy larga ya mi vida, y a pesar de eso las recuerdo todas. No creo en el pecado, en la idea de pecar, pero esto debe de ser algo semejante a lo que llaman corromperse. Aquella muchacha a la que acogí, aseé, instruí y amé con una dedicación sin reservas. Aquel hombre a las puertas de la tortura por el que me jugué la vida; no mi existencia, sino mi modo y mis medios de vida y los de los míos. Y tantos y tantas otras, da igual cuántos. Todos y todas las que después necesitaron herirme para volver a ser y volver a vivir. Herirme como una forma de recuperación definitiva. Herirme, qué sé yo, para olvidar aquel lugar del que salieron, donde alargué la mano a la que se asieron para que tirara de ellos. Ese alargar la mano, no me engaño, también era una forma de salvarme a mí.

Los recuerdo a todos. Observar ese recordarlos, observarlo y juzgarme por tal acto, me aproxima a quienes juzgan los comportamientos y los pensamientos ajenos para después infligir un castigo. Yo no tengo castigo que infligir sino a mí misma, y ahí reside mi debilidad. Ese quebrar mis principios me aproxima a los infames.

Me llega desde afuera el ajetreo de la casa. Un par de muchachas se han acercado hasta la puerta y han pronunciado mi nombre con suavidad. Su «Magdalena» llevaba una caricia en cada sílaba y solo se trataba de eso. No me han llamado y no he respondido. Comprendo que no debe haber respuesta cuando no se trata de llamada sino de una leve forma de cuidado. Algo así como «Aquí estamos. No pasa nada. Solo que sepas que aquí seguimos.» Procuro no volver al «hasta cuándo», no preguntarme hasta cuándo. Un par de veces he oído también los pasos del Gigante. No ha pronunciado mi nombre, claro. No ha emitido ningún sonido porque sabe que no es necesario, seguramente ha aguantado la respiración. Su presencia, su proximidad son irremediablemente evidentes. Es que no me requiere. Se requiere a sí mismo a través de mí.

Ahora, ya desnuda, me tumbaré sobre el mármol frío de mi cámara y me recogeré el cuerpo sobre sí mismo con la ilusión de ocupar el vientre de aquella a la que no conocí. La ilusión de una madre que ni tuve ni soy. Solo hijas. Así pasaré un tiempo indefinible en el que olvidar todo agravio, toda memoria propia de los indeseables.

16

No recuerdo cómo me enteré de la fiesta organizada en Cafarnaúm por Leví de Alfeo, el publicano, recaudador de impuestos, el esbirro de Roma, el maldito. A su paso retiraban la mirada y algunos escupían. Seguramente él mismo me invitó a su casa en alguna de sus habituales visitas.

El mundo había comenzado a girar, la amenaza de un tifón. A mi llegada desde Betsaida, me bastó mencionar al supuesto Mesías. Todo el mundo había oído de él, sabía de él, afirmaba haberle visto. Hablar de él se había convertido ya, sin yo haberme percatado, en una forma de pertenecer a algo. Por supuesto, no todos los que afirmaban haberle visto decían la verdad, probablemente ninguno, pero el simple hecho de fingirlo daba una idea de la popularidad alcanzada por el personaje. El Mesías, el maestro, el enviado... El hijo de María. María, hermana de Salomé. Salomé, esposa de Zebedeo, mi Zebedeo, de quien dependía todo lo que yo era.

Los pescadores, los mozos de los almacenes, incluso las criaturas hablaban del nuevo profeta, el que sucedía al Bautista, pero los más dados a la fantasía hablaban del mesías que el pueblo judío esperaba. Todo aquello me crispaba. Todo. Me exasperaba que apareciera un nuevo profeta, que las gentes avivaran sus creencias con la supuesta llegada de «El Elegido». Cuanto más creciera su popularidad, peor funcionaría mi negocio, más crecería la violencia contra mí. Eso pensaba, que la exaltación de las gentes volvería a ponerme en peligro. Era miedo. Volví a tener miedo. No se trataba solo de un miedo económico, venía de la desasosegante sensación de cambio que cundía, emanaba de las aguas, de las barcas, de los peces, de las palabras sin forma de los fanáticos. En muy poco, poquísimo tiempo, las gentes más humildes, que eran todas las gentes en aquella época, como en esta, como en cualquiera, habían encontrado una razón para cambiar. Cambiar su forma de vivir, que es lo que sigue a cambiar la rutina por alegría, por la dicha chisporroteante que provoca el cambio mismo. Quienes nada tienen más que impuestos y un futuro de parir o bregar, nada pierden construyendo una esperanza. Temía el fanatismo propio de los fariseos, de los escribas, del Templo y sobre todo de los zelotes, que su violencia prendiera en calles y caminos, que casa por casa convirtiera Galilea en una nueva Jerusalén.

La deserción de los pescadores me había dejado, además, sin fuerzas. Se me estaban acabando los ánimos para seguir fingiendo mi personaje. Esa transformación que sentía llegar me ponía un espejo delante. «¿Quién eres?», me preguntaba, y recordaba a mi padre, su rigor, su forma de permitirse un solo exceso al año, aquel en el que le segaron la cabeza.

¿Quién eres?

Es cierto que yo trabajaba con el mismo ahínco que él, incluso más, pero después de años en los que no me había enfrentado a mí misma, en los que, empecinada, me había fundido con aquella que mostraba ser, me sentía cansada. Era asco. Sin tener fe, sin respetar los ritos de los creyentes ni los gestos de sus mujeres, la necesidad de regresar al silencio, a la paz de casa, a las doctoras, tiraba de mí como bestia de carreta.

Así me encontraba la mañana en la que volví a subir en mi montura, volví a llamar al Gigante y emprendimos la marcha hacia Cafarnaúm, a la casa de Leví, hijo del Alfeo, a quien ahora, años después, se le conoce como Mateo y cuyo ministerio me va llegando en retratos de entonces que me desagradan y avergüenzan. Él fue mi amigo en aquellos tiempos, mi hermano.

Al contrario de lo sucedido durante mi reciente viaje a Betsaida, en aquella ocasión no recordaba sueño alguno. Había pasado cerca de un mes y el otoño recién estrenado ventilaba levemente nuestro silencio en un murmullo sin hojas. Se sabe que el otoño pinta de ocre el ánimo, el color de la melancolía, y echa a volar rastrojos. Así yo aquella mañana, ocre y rastrojos de otoño. La melancolía no es buena para el juicio. Locos y enfermos nos acompañaron durante las dos horas que dura el camino de Magdala a Cafarnaúm, pero no solo ellos. Una recua de hombres, mujeres y niños recorría el sendero con ánimo de cánticos. Pregunté a una mujer que cargaba sobre la cadera a su criatura acerca de ello.

—El Mesías está en Cafarnaúm —me respondió con los ojos encendidos.

Sentí vértigo y de nuevo la sensación de cambio, ruptura de lo que conocía, algo amenazante que tañó aquella melancolía y quebró los restos de paz que quedaban. Durante el resto del viaje, la duda sobre si dar la vuelta y regresar a casa me mantuvo alerta.

No recuerdo de dónde llegó la invitación para acudir a la casa de Leví de Alfeo, pero sí que allí encontraría al Nazareno, el hijo de María al que llamaban el Mesías. Probablemente estarían con él Juan y Santiago, sus primos, los hijos de Zebedeo. También Simón Pedro, quien fue su socio y trabajó en los últimos años para mí, muy a su pesar, y el hermano de este, Andrés. La posibilidad de encontrármelos reforzaba la idea de dar la vuelta, eso y las gentes que marchaban por el camino junto a nosotros. Su alegría, su esperanza nueva y su anhelo me incomodaban. ¿Qué les diría a los pescadores? ¿Qué me dirían ellos a mí? Temía un encuentro hostil. Mis fuerzas estaban mermadas, aunque menos que mi confianza en mí misma. Ahora pienso que no solo iba por curiosidad a la fiesta del recaudador. Sentía los restos de la rabia contra los pescadores que habían hecho trizas el equilibrio de mi economía, y con eso mi propia estabilidad, pero andaba también buscando, de una forma difusa, el pretexto para no volver a empezar. Lo que al principio fue sorpresa y luego furia contra ellos, se estaba convirtiendo en una tentación de abandono. Cargaba tres vidas a mi lomo, no me quedaba más familia que Ana, las doctoras y el Gigante, y mi fortuna sobraba para que todos lleváramos una muy buena vida hasta el fin de nuestros días. Quién me iba a decir entonces que no, que en tan poco tiempo todo aquello parecería irreal.

A la izquierda del camino, los olivares empezaban a madurar frutos. Algunas gentes llegadas desde quién sabe dónde descansaban a su sombra y los críos trepaban por los nudos de las ramas. A la derecha me amparaba el mar de Galilea, ya vacío de embarcaciones. Frente a nosotros, una muchedumbre humilde, inmóvil y compacta cerraba la entrada a Cafarnaúm. En lo más alto el sol calentaba con ánimo de castigo insatisfecho. Descabalgué y seguimos a pie, abriéndonos paso entre la multitud a fuerza de presencia del Gigante.

Leví celebraba un cambio radical en su vida. Había decidido cortar todo trato con Roma, abandonar su labor recaudatoria y unirse a los seguidores del Nazareno, algo que en ese momento me resultaba absolutamente incomprensible.

17

Estaba guapa. Recuerdo que estaba muy guapa. Leví de Alfeo, además de recaudador y rico, era un hombre pulcro y, a su manera, cultivado, un buen conversador. Creo que en algún momento me sentí atraída por él a causa de la higiene. Ni entonces ni ahora resultan comunes la higiene o conservar, ya desde muy temprano, todas las piezas de la dentadura. Leví había intentado tener una relación más íntima conmigo. No recuerdo si fue sin demasiado entusiasmo, sin demasiada insistencia o sin querer molestar. Desde poco tiempo después de mi regreso de Roma a Galilea, se acercaba periódicamente para arreglar mis cuentas con el Imperio, al principio, y más tarde sencillamente para charlar. Era menor que yo, apenas un joven crecido la primera vez que noté su tensión. Si hubiera entrevisto la posibilidad de que aquello quedara en un encuentro físico, habría accedido, pero entendí que su juventud e inexperiencia le podían llevar a cobijarse bajo mi cadera, empeñarse en permanecer ahí. Nunca he rechazado, como otras, el trato con varones, pero en raras ocasiones me he sentido atraída por alguno de ellos.

Ahora los apóstoles de su mensaje, que no son apóstoles de su mensaje sino constructores de algo que les beneficie, se empeñan en retratar al Nazareno como un hombre taciturno, ensimismado y de una serenidad enervante. Imagino que es lo que las gentes esperan de un maestro, más, del hijo de Dios, que al fin y al cabo es con lo que se comercia, esa idea de que todos recuperaremos un lugar en un paraíso donde está Dios esperando y allí pasaremos el tiempo, no sé qué tiempo. Voy leyendo los escritos de aquellos hombres y sus seguidores, las cartas de Pablo de Tarso corren de boca en boca. La crucifixión exige, además, un duelo que no admite distracciones. Pero era un hombre alegre, disfrutaba de la conversación, la música, la danza, los encuentros festivos.

El Nazareno se reía cuando lo vi por vez primera. Leví parecía haber invitado a todo Cafarnaúm, tal era la alegría de su conversión. La residencia, como las de los romanos, destacaba del resto de casas, viviendas modestas con un patio común, un exterior común, una vida común. En el jardín de entrada, a esas horas, con el sol aún en lo más alto, ya estaban las antorchas preparadas para la noche. Los corderos crujían sobre las brasas y corría el vino, sonaba música. En una esquina del patio, a la sombra de varias palmeras, un grupo de hombres charlaba en el suelo, recostados sobre esteras. Asentían y escuchaban al Nazareno. Supe que era él por la forma en la que atraía la atención de todos, incluso de quienes permanecían alejados, como las mujeres, que fingían no tener curiosidad.

También supe que era él porque reconocí a mis pescadores. Simón Pedro y su hermano Andrés descansaban junto a él. Algo apartados, Juan y Santiago de Zebedeo conversaban con otros hombres. Pese a la algarabía, mi presencia en el patio no pasó desapercibida. El Gigante caminaba a mi lado. Antes de que alcanzara la entrada de la casa, Leví salió a mi encuentro. Santiago de Zebedeo también se levantó y el grupo de hombres bajo las palmeras volvió la vista hacia mí como un solo animal. Estaba acostumbrada a concitar miradas, murmullos, la atención de aquellos que me veían pasar. El Nazareno también alzó la vista y me miró. No lo hizo con un gesto especial, nada a lo que yo pueda atribuir ahora ocultos significados. Lo hizo porque, por un momento, mucha gente me miraba. Vi como Simón Pedro le comentaba algo al oído, y entonces sí, entonces me miró con curiosidad.

Me pareció un hombre normal. Iba pobremente vestido, con la cabeza descubierta, el cabello y la barba sin arreglar. No tuve la sensación de que fuera un hombre sucio, sino un hombre pobre. Los invitados se habían arreglado para la fiesta. Las mujeres lucían sofisticación, cada una en la medida de sus posibilidades, afeites y abalorios. Habían formado un grupo bajo los tres grandes olivos. Leví adoraba sus olivos. Eran árboles imponentes como animales de África. Había elegido los más grandes y se los había hecho llevar desde los campos del interior. Procuraban al patio una presencia antigua y solemne. Las mujeres se guardaban allí como bajo el amparo de la senectud. El Nazareno y mis pescadores, que ya no eran mis pescadores, llamaban la atención por el descuido de su indumentaria. En otras circunstancias, aquello habría supuesto un desaire, pero su ejercicio, su manera de imponerse, conseguía vestir de impostura telas, afeites y ornamentos.

—¿De qué tienes miedo? —La voz del Nazareno me sobresaltó. De pie, a mi espalda, se había aproximado sin que me percatara. No me pareció una insolencia.

—No tengo miedo —respondí. No había formalismos en su modo de aproximarse ni en mi respuesta. Sí un mutuo reconocimiento.

—Mis primos creen que tienes algo contra ellos —prosiguió. Era una excusa, claro, pero no solo eso.

—Tengo contra ellos que han dejado la pesca y los hombres están siguiendo su ejemplo. Yo vivo de que ellos pesquen.

—Hay muchas cosas que hacer —contestó—. Entiendo tu enojo. Ahora ellos han elegido otro tipo de vida. Para cambiar las cosas. Tal como están las cosas tampoco te benefician a ti.

—Tal como estaban —puntualicé molesta—. Ya no sé cómo están.

—¿Por eso temes? No lo creo.

—No temo. ¿Qué habría de temer?

—Todos podemos darnos cuenta de que la forma en la que funcionan las cosas es dolorosa e injusta.

—No te esfuerces. —Empecé a cansarme de la conversación—. Me fastidia la política. Solo ha traído a mi vida violencia y dolor.

—No hablo de política.

Pensé que por supuesto hablaba de política. No parecía más joven que yo. La diferencia residía en la mirada. La mía acusaba el cansancio. Era el cansancio. Aquel hombre no lo tenía. Todo en él desprendía esa forma de no sufrir que da brillo a la mirada. Me pregunté si acaso no había sufrido nunca. Los hombres que no han sufrido no merecen mi interés.

—Estoy cansada. —Entendió que no me refería al viaje.

—No temas —y ya se iba—, no recibirás ningún mal que proceda de mí. Al contrario.

18

Tres días después de la fiesta Leví se presentó en mi casa. La mañana era cruel. Al alba, el Gigante había entrado con una cría en brazos. Agonizaba y murió apenas una hora después. Cuando eso ocurría, las doctoras lloraban. Nada, ninguno de los tormentos que habían presenciado, que habían reparado, había endurecido sus corazones. En casa se lloraba cada muerte.

Leví no era ajeno al trabajo de las doctoras.

—Esto puede acabar, Magdalena —dijo como todo saludo mirándome a los ojos—. Esto debe acabar.

La fiesta en su casa había enfurecido a los fariseos y a los romanos a partes iguales. Los judíos no podían comprender que aquel que ya llenaba sinagogas y al que el pueblo consideraba el Mesías comiera en casa no solo de un gentil, sino de quien era además recaudador de impuestos. La tensión política en la región pasaba de los zelotes y otros grupos organizados a las gentes más humildes, cuyo único empeño hasta entonces había consistido en ganarse el pan. Los sacerdotes, los fariseos y sus escribas no permitían ni permiten faltas de respeto entre sus gentes, malos ejemplos, y el Nazareno se había convertido, al poco de aparecer, en un problema serio. Por su parte, que Leví abandonara su función recaudatoria y se uniera a su causa, que convirtiera ese gesto en motivo de gran celebración pública, había soliviantado a los romanos, siempre atentos a cualquier posibilidad de levantamiento en nuestras tierras, temiendo lo que pudiera suceder en la región y reprimiéndolo cada vez con mayores crueldades.

Me sorprendió, pues, el optimismo de Leví.

—¿Por qué lo has hecho? —le pregunté.

—Estoy harto. Sabes bien de qué hablo. Ya lo hemos charlado. Te conozco. —Me tomó del brazo y me condujo hasta los peldaños que daban acceso a la casa, el lugar de las conversaciones—. Si la alternativa a la violencia de los romanos es la violencia de los zelotes, ni tú ni yo tendremos paz.

—Paz. —La palabra parecía una pequeña piedra blanca—. Paz...

—Sí, Magdalena, paz. Ni siquiera nos permitimos pensar en esa posibilidad. Nos hemos acostumbrado al castigo, al esputo callejero, al señalamiento, al escarnio.

—A eso no te acostumbras nunca. —Mientras respondía me iba admitiendo que sí, que te acostumbras.

—¿No estás cansada? —No me sorprendió que utilizara la misma expresión que yo había empleado en mi conversación con el Nazareno. Mi agotamiento era evidente.

—Te aprovechas de la huida de mis pescadores. Sabes que pronto mi situación podría ser difícil, muy difícil.

—¿Te atreves a volver a empezar?

—Yo me atrevo a todo. —La pregunta me había molestado y respondí con un desafío antiguo y maltrecho—. A todo.

—De eso se trata. ¿Por qué nadar contra corriente pudiendo atreverte con empresas nuevas? —Pensé que iba a proponerme un negocio. Él acababa de dejar su trabajo y tenía dinero. Yo perdía a mis pescadores y tenía dinero. Sobre todo cada vez resultaba más claro que la agitación política, espoleada por la aparición de un nuevo profeta, no iba a ayudar a remontar mi industria.

—¿A qué empresas te refieres? —pregunté.

—¿Has oído las ideas del Nazareno?

—No —respondí, y era verdad. Me había cerrado a cualquier atención hacia sus predicamentos. No me interesaban los dogmas judíos, no me interesaban las sinagogas y mucho menos los movimientos políticos que anunciaban una supuesta liberación. Bien sabíamos que eso solo traía muerte. Además, ¿liberación de quién?

—Dime, ¿a cuántos fariseos o sacerdotes, a cuántos líderes de Jerusalén has visto compartiendo vino y pan con un gentil?

—No me he preocupado por esos asuntos. —Había desprecio en mi voz—. Aquí no tenemos tiempo para las cosas de los hombres.

Leví era listo, estaba acostumbrado a sobrevivir en Cafarnaúm recaudando impuestos para Roma, señalado por los fanáticos de Jerusalén.

—Te voy a contar qué me ha traído hoy aquí. —Pidió con la mano paciencia—. Ayer trataron de cortar el paso a una mujer que quería acercarse. Era una prostituta. Simón Pedro la tiró al suelo de un empujón. El Nazareno se enfrentó a él, hizo sentar a la mujer a su lado y continuó predicando.

—¿Qué tengo que ver yo con eso?

—Todo el mundo le sigue. Creen en él. Haga lo que haga, diga lo que diga, la gente cree en él.

—Le matarán —afirmé convencida—. Un día, en un camino, o allá donde descanse, entrarán los enviados de Jerusalén y de un tajo separarán su cabeza del cuerpo. Suerte tendrá si antes no le arrancan la lengua.

—No lo creo, amiga. Los zelotes han visto en él al líder que por fin puede encabezar la liberación del pueblo judío. María, su madre, es de la tribu de Leví. —Recordé mi encuentro con Salomé de Zebedeo y María—. Aquellos que le siguen confían ciegamente en él, y cada día se multiplican. Allí donde está acuden no cientos, sino miles de hombres y mujeres llegados de pueblos lejanos, y no solo de Galilea.

—Razón de más para mantenerme alejada. Esa gente arrastra sangre y atrae a la muerte.

—Eso puede cambiar.

—Tenías razón, querido Leví, estoy cansada.

—Hoy has visto morir en tu casa a una cría cuyos senos ni siquiera habían acabado de madurar. ¿No es suficiente?

—De eso se trata. Es suficiente.

—¿No es razón suficiente —insistió— para que te decidas a hacer algo más que sostener a las que curan los cuerpos que ya han sido heridos?

—¿Te parece poco? —respondí furiosa—. ¿Te parecen pocos los años que llevamos sanando aquello que vosotros destrozáis? —La elección de ese «vosotros» no fue inocente, pero Leví había aprendido a no acusar mis zarpazos.

—El dolor de las mujeres no me es ajeno. No conseguirás herirme con eso. ¿Cuántos hombres se acercan, como yo he hecho siempre, a conversar contigo, a conversar con una mujer?

—No los necesito, Leví, no los necesitamos. —Suspiré y me sentí exhausta—. Bastaría con que dejarais de torturarlas, de torturarnos.

—Pero ningún judío sentaría en público a una mujer a su lado para orar, para enseñar. —No daba su brazo a torcer—. ¡Mucho menos a una prostituta!

—Leví, estoy cansada. Te doy la razón. Dime qué empresa vienes a proponerme o permite que me retire. Aquí me necesitarán mañana.

—Las doctoras, sus enseñanzas, no son muy diferentes a lo que predica el Nazareno.

—Amigo, el Nazareno es un hombre, es judío y es uno de los profetas de la Iglesia. Con eso debería bastarte, pero además es el hombre al que han elegido los zelotes, ¡los zelotes!, para que lidere la liberación. —Me incorporé. La esperanza que iluminaba a Leví me resultaba irritante, me ofendía.

—Crees que no tengo derecho a dirigirme a ti, que siendo un hombre me está vedado comprender el sufrimiento de las mujeres. Sea. Te lo concedo como tú me concedes tu tiempo. Piensa pues que tu odio hacia las leyes de Jerusalén no es mayor que el mío.

—Dime, Leví, ¿crees en la venganza?

—Creo en la posibilidad de destruirlos.

—¿Crees en la venganza? —insistí—. ¿Te mueve la venganza?

—Me ha traído aquí un pensamiento que no me había atrevido a tener, de la misma forma que tú no osas planteártelo. Creo en la posibilidad de vivir en paz. O al menos sin amenazas.

—¿Te refieres al miedo?

—Magdalena, me refiero a los campos, al mar, a la alegría, a amar. —Pensé que era idiota, que mi amigo se había convertido en un idiota—. Después de oír ayer al

Nazareno a las afueras de Cafarnaúm, junto a aquella mujer, pensé por primera vez en mi vida que era posible. —Puso las manos sobre mis hombros—. ¿Por qué no? ¿Quién nos impide, quién o qué nos ha impedido pensarlo, vivir así? Yo lo sé. Y tú mejor que nadie lo sabes.

—¿Qué propones? —Tomé su brazo presionando con suavidad terca hacia la calle.

—Él, como aquellos que le siguen, ha optado por la pobreza. —Notó el desinterés en mi gesto—. Así no llegará a Jerusalén, no llegará siquiera a molestar a los poderes religiosos y políticos. No pasará de ser otro profeta, uno más. Yo tengo dinero y tú también. Nuestra riqueza, tan despreciable para los sacerdotes, bien puede ser útil contra ellos. —Me detuve y le miré a los ojos para ver si hablaba en serio—. No me respondas ahora. Ven a verme cuando te hayas decidido.

En la puerta se cruzó con Ana y la mujer joven que traía el sudario.

19

Herodes es el mayor imbécil con el que me he cruzado en mi vida, una bestia sin entendimiento coronada con el poder de decidir sobre la vida y la muerte de las personas. Herodes Antipas, gobernador de Galilea, hijo de Herodes el Grande, el asesino de criaturas, maldigo vuestra estirpe.

El tiempo me ha enseñado que nadie llega alto sin maldad, que quien está en las élites del poder, de cualquier poder, se alza sobre muertos y conspiraciones sangrientas. Sin embargo, en el caso de Herodes lo niego, sencillamente no tenía capacidad, el mal requiere al menos una pizca de inteligencia y él era un trozo de carne. Su papel, al final de todo, no hizo sino evidenciar que crueldad y saña pueden ser una forma de divertimento para puercos. Pero incluso la crueldad necesita un mínimo resto de talento.

Cuando me mandó llamar faltaba poco para su destierro. Andaba sin éxito en conspiraciones para que Roma le otorgara el mando de Judea, y ya había ordenado decapitar al profeta Juan el Bautista, aquel que anunciaba la llegada del Rey de los judíos.

—¿Quién es aquel a quien llaman el Rey de los judíos? —berreó desde el fondo de la gran sala. Su voz parecía estar a punto de naufragar en alguna inconsciencia grasa.

—Salud, Herodes —respondí, a medida que avanzaba, sin levantar la voz. La ebriedad resultaba tan evidente como habitual. Todo en él me repugnaba, su rostro hinchado, enrojecido, su vientre como una gran vejiga fláccida, sus manos infantiles con el índice gordezuelo siempre señalando, sus belfos con un brillo de saliva oscura. Yo no escondía el asco que me despertaba y a él le importaba poco.

—Habla, mujer. —Seguía gritando como si yo no me encontrara ya ante su cuerpo bovino, con su dedito blanco en alto—. ¿Quién es el Rey de los judíos?

—No sé a qué te refieres, Herodes —respondí—. Tú eres el rey de Galilea, hijo de Herodes el Grande, rey de los judíos.

Dejó escapar un eructo y sonrió como lo haría un buey si las bestias sonrieran.

—No te conviene enfrentarte a mí, María de Magdala. No juegues conmigo. —Noté que tenía miedo. No era un juego. No solo estaba preocupado. Era miedo lo que le colgaba del morro húmedo.

—Si te refieres al Mesías —utilicé la palabra a conciencia e insistí—, al Mesías que predica junto al mar, no le conozco, nada sé de él.

—¡Mientes! —Su temor se tornó cólera—. Mientes y quien me miente lo paga caro, mujer. Estuviste en la fiesta del recaudador.

—Había mucha gente allí, Herodes. —Tenía ganas de herirle—. Le sigue muchísima gente, miles de hombres y mujeres le siguen. ¿Cómo iba yo a acercarme a él?

—¿Cómo se atreve él a hacerse llamar Rey de los judíos? —Trató sin éxito que su rostro resultara amenazante—. ¿Acaso no teme morir?

—Eso creo —respondí—. Creo que no, que no teme morir.

Con un nuevo gesto del dedito ordenó a uno de sus esclavos que me sirviera vino. Recibí la copa, excesiva e innecesaria como todo alrededor de aquel miserable, y la sostuve en la mano porque rechazarla habría supuesto alargar nuestra conversación con un nuevo agravio.

—¿Por qué no teme a la muerte? ¿Es acaso un resucitado? ¿Es un profeta resucitado?

Entendí entonces que Herodes temía que el Nazareno no fuera el Nazareno, sino Juan Bautista renacido.

—No te preocupes, Herodes. —Mis palabras exudaban burla—. El Mesías conserva su cabeza sobre los hombros. —Me di la vuelta y me despidió su amenaza.

—¡Ingrata! —gritó—. Se lo debes todo a Roma. ¡A mí! A mí me debes todo lo que tienes. ¡La vida me debes! —Su voz se quebraba de rabia—. ¡Ten cuidado! Ten mucho cuidado.

Aquella fue la última vez que vi a Herodes Antipas hasta que, tres años después, tuve que volver a contemplar su extrema crueldad de cretino, y suplicarle. Sí, le supliqué ante el cuerpo devastado del Nazareno, y volvería a hacerlo.

Al día siguiente, no había aún despuntado el sol cuando partí hacia Cafarnaúm, a casa de Leví de Alfeo.

20

¿Qué es un profeta? ¿Por qué nadie, y menos que ningún otro aquellos que presumen de pensamiento, se pregunta qué es un profeta? Un profeta es un hombre. No se trata de fuerza o violencia, sino de tiempo. El tiempo es riqueza, nace de la riqueza. Un profeta es un ser humano que tiene tiempo. La misma razón por la que yo puedo permitirme sentarme a escribir estas líneas, quién sabe si destinadas a nada. Me lo puedo permitir no solo por vieja, no solo por rica, sino por el hecho de no haber engendrado, o sea, no haber parido. Aquello que vi, que viví, como esto que vivo, fue posible por esa razón. Parece sencillo construir. Es sencillo destruir.

Los profetas son profetas por la misma razón que los sacerdotes son sacerdotes, los Hombres Santos son eso o los tribunos, tribunos. Una tarda mucho, me han hecho falta algunas décadas, para entender de qué se trata. ¡Es una cuestión de tiempo! De tan evidente, tan simple, resulta increíble.

De ahí viene mi desprecio hacia Ezequiel, profeta de lo obvio. Fue Ezequiel quien condenó la posibilidad de las profetisas. Idiota. Acto inútil. ¿Qué mujer tendría tiempo entre parto y teta para intentar elucubraciones, elucubraciones que para mayor gravedad no suponen alimento alguno para la prole? Las criaturas no comen palabras. La luz de los iluminados no alimenta. Ezequiel, ¡inútil!

Pero la cabeza del profeta Juan, del profeta Bautista, del profeta que hizo de su severísima austeridad algo ejemplar cuando en realidad era un privilegio, no acabó en la bandeja de la pequeña Salomé, hijastra del repugnante Herodes, hija de Herodías, como castigo ni como premio. Aquello sencillamente fue una fiesta, y tan brutal. De igual manera que un corazón una vez lleno de rabia justifica el asesinato, la ebriedad animal de una orgía justifica una cabeza; convertir una cabeza, una vez separada de su cuerpo, en una ofrenda graciosa, con la inmunidad que concede el olvido níveo posterior a los excesos de aquellos que pueden permitirse tamaños excesos. Efectivamente: privilegios. Como los profetas y los sacerdotes, aquellos que ostentan el poder, los reyes y sus familias y aquellos que conforman la base sobre la que se sostienen, como los Santos varones, sencillamente tienen tiempo.

La diferencia es que mientras unos necesitan excusárselo fingiendo austeridades y sacrificios, los otros lo gozan con orgías en las que cabe la posibilidad de cortar la cabeza de los profetas, de los austeros. Ah, y luego inventarse la descabellada idea de que fue cosa de la pequeña Salomé. Más, inventarse que la cría actuaba por indicación de Herodías, su madre. ¿Qué necesidad tiene la hiena de que su hembra le ordene ser hiena?

Cuando su padre el salvaje, verdugo y despojo, Herodes el Grande ordenó la matanza de los inocentes, el hijo participó sin dudarlo. ¿Cómo iba a necesitar aquel hijo el deseo de nadie para decapitar a un desgraciado? Ah, pero las lenguas supuran, gotean veneno. ¿Por qué, decidme, se lo pidió la pequeña Salomé? ¿Por qué pudo la niña demandar a su padre tal barbarie? El padre no quería, babean los bastardos. El padre no quería, rebuznan las alcahuetas. El padre no quería, pero la malvada pequeña, a imagen y semejanza de su malvada madre, o quién sabe si obedeciendo sus órdenes, exigió a su padre, el bárbaro Herodes Antipas, el incapaz, aquel que ni siquiera llegó a cubrir las raíces de la sangre de miles, le ordenó decapitar a Juan el Bautista. ¿Para qué? , sobre todo, ¿con qué autoridad podría una niña exigirle tal cosa a su padre, nada menos que rey de los judíos? Porque había danzado bien, babean ebrios, dan explicaciones, crean leyenda, excitados por la idea de la pequeña Salomé danzando para su padre, ante su padre... Sobre su padre, murmuran con el empuje de la entrepierna.

En cambio, si se piensa, si se conocen como yo conozco las orgías de aquellos cuyo tiempo es el exceso, uno puede, debe decapitar a un santo después de permitir que su hija baile sobre él, que la pequeña dance sobre su padre. ¿Qué otro paso le quedaría por dar? Los actos suceden a los actos, la inmundicia a la inmundicia.

Herodes Antipas era el rey de los judíos igual que su padre, Herodes I el Grande, había sido el rey de los judíos. Ahí ha residido siempre el problema. El hijo decapitó al profeta porque anunciaba la llegada del Rey de los judíos. El padre había asesinado a miles de criaturas y abierto miles de vientres porque le anunciaron que el Rey había nacido.

¿Qué significa decapitar a un santón cuando tu padre, y tú con él, controla y ordena regar la tierra con la sangre de los inocentes, establece patrullas de asesinato y mecanismos de delación? Pero la sangre y su recuerdo, que deberían permanecer por generaciones en la memoria de las gentes que pisan esa tierra, fue olvidada por la sangre de una nueva matanza, y después de otra y de otra y de otra. El horror hiela la tinta que me asiste y hiela también los calamares y la espuma del mar que nos baña hasta afilarla en cuchillas de dolor.

Quien elige la muerte pudiendo optar por la vida, quien decide matar e incluso morir merece ser maldito. Además de ser idiota.

21

Supe por Leví del enfrentamiento con los fariseos llegados de Jerusalén. Las intervenciones del Nazareno en sinagogas, donde sus pensamientos escandalizaban a los devotos, eran cada vez menos, mientras aumentaban sus enseñanzas a cielo abierto, a las afueras de pueblos y ciudades o a orillas del mar. Dos eran las ofensas, tan tremendas al parecer, que Jerusalén decidió enviar a varios hombres hasta Magdala. El Nazareno y sus seguidores no ayunaban ni respetaban el sábado, y además sentaba a su mesa a gentiles y mujeres. Aquello resultaba intolerable en alguien a quien la gente consideraba el enviado de Dios, su hijo, para liberar al pueblo judío.

Leví se reía al contármelo. A mí, algo en todo aquello me impedía reír. Había organizado los almacenes para que rebajaran la producción sin dejar de funcionar. Había puesto a disposición de Leví, quien a esas alturas acompañaba al Nazareno allá donde fuera, mi casa y mis bienes. No quería que ese esfuerzo concluyera con otro asesinato inútil, no quería financiar a un muerto.

Mi amigo se burlaba de mí.

—Si se atreven a hacerle daño, el pueblo se levantará contra ellos —aseguraba.

—Nadie se levanta nunca contra el Sanedrín —le contestaba yo—. Ni siquiera con la protección de los zelotes.

Entonces, una tarde que ya olía a noche, mi amigo se presentó en casa con un grupo de hombres, entre ellos, su maestro. Llegaban cansados y alegres.

—Mujer —me dijo Simón Pedro—. Danos un poco de agua fresca.

—Esta mujer tiene nombre —respondió el Nazareno, y se hizo el silencio—. Se llama María, María la Magdalena, y tú mejor que yo lo sabes.

No quise ver el gesto del pescador. Les di la espalda y solo entonces les invité a seguirme. Pedí a las muchachas que trajeran agua, vino y pescados. Simón Pedro, su hermano Andrés y algunos hombres más abandonaron la casa y esperaron fuera, en la calle.

—Leví —me dirigí a mi amigo en voz alta de manera que todos me oyeran—, podéis pasar la noche aquí.

Nadie rechazó mi invitación.

—¿Por qué desafías al Sanedrín? —pregunté al Nazareno una vez estuvimos acomodados en la sala.

—¿Qué temes? —Me molestó que volviera a relacionarme con el miedo.

—No temo —respondí—. ¿Has venido porque crees que temo algo?

—Me dice Mateo que no estás tranquila. —Tardaría tiempo en acostumbrarme al nuevo nombre de mi amigo.

—¿Te refieres a Leví? —Sonrió al oírme.

—No temas. Sé lo que hago. —Oyéndole, contemplando su relajación, sentado con la copa de vino en la mano, mis recelos parecían ridículos.

—Sabes lo que haces, pero has enfurecido al Templo.

—Aquí, en esta casa, ¿no trabajáis en sábado?

—Mis almacenes permanecen cerrados y mis trabajadores descansan los sábados. Es la Ley —respondí, y la palabra «Ley» me llenó la boca de ceniza.

Miró en dirección al patio, en cuyas escaleras descansaba Ana junto a otras doctoras.

—¿No trabajáis en sábado vosotras?

—Nosotras somos mujeres.

—Vosotras borráis a los días el nombre, y así lo hago yo.

—Nuestra labor permanece oculta a las miradas y la tuya busca el desafío. Nosotras no desafiamos. Supondría una pérdida de tiempo. Si lo hiciéramos, llevaríamos ya siglos muertas. Se trata de tiempo.

—Me gusta hablar contigo —afirmó sin impostura ni recato.

—¿A qué has venido a mi casa? —repuse incómoda.

—A conocerte.

Me contrariaba la posibilidad de que llegara con intención de agradecerme algo. Mi participación en su empeño me resultaba soportable siempre que no fuera explícita. Yo nunca había recibido gratitud por parte de nadie, ni siquiera de aquellas que llegaban sangrando y partían sanas. No lo habría permitido. Sigo sin creer en la bondad como algo útil.

—¿Para qué desafías la Ley? —Quería oírselo.

—No hace falta que te diga más. Bebe y disfrutemos de esta noche magnífica. —Tomó la copa que yo había dejado olvidada y me la tendió. Miré alrededor. Una docena de hombres comía y charlaba, mi casa era su casa. Reconocí a Juan y a Santiago de Zebedeo y me alegré de que entre nosotros no mediaran rencores ni cuentas por saldar.

—Te ufanaste de no respetar el sábado. No entiendo esa necesidad.

—Les dije que el sábado está hecho para el hombre y no el hombre para el sábado —se ufanó—. Todos lo oyeron.

—Lo hiciste para que todos lo oyeran —puntualicé—. ¿No temes que respondan?

—No tienen respuesta.

—¿No temes que te maten?

—Pueden matarme si así lo deciden, y lo harán, pero mis palabras están dichas. No pueden matar las palabras.

Pasado el tiempo, no sé qué pensar de aquello. Sin duda, las palabras permanecen, ¿de qué serviría si no este ejercicio mío? Pero es un acto de obstinación, elijo creer que así es, que permanecerán. Ah, pero no aquellas a las que cubren con silencio o violencia. Las palabras mutan, he aprendido que las palabras no existen desnudas, se visten o las visten de significados. ¿Cuántos atuendos, cuántos significados tiene cada palabra? ¿Cuántos disfraces? Me pregunto hasta qué punto se puede prostituir una palabra. Hasta qué punto se puede golpear, violentar, anular a una palabra. Hasta qué punto se la puede someter y convertir en su contrario, el silencio.

Cuando nos retiramos a descansar, ya sabía que aquel hombre iba a arraigar en mí, como así ha sido. Pero esa certeza fue solo la primera, el principio. La palabra fue el principio, un atisbo de que era semilla, aún solo eso. Y decidí permanecer, no apartarme de su posible crecer. Después, mucho después, ¿qué es mucho?, fui entendiendo que la palabra es la vida, la vida frente al cuerpo, sobre el cuerpo o el cuerpo mismo.

22

Es el cuerpo. Eso es. Se trata del cuerpo. Destrozan los cuerpos. Se desahogan en el interior de los cuerpos. Amar no es algo posible ahí afuera. No hay amor si no se ama la carne. Yo sé de la carne. ¿Cómo va a amar aquel que violenta la carne, que violenta el cuerpo? Solo a través del cuerpo alcanzamos a rozar el espíritu. La carne es la puerta de entrada, el acceso a todo. El cuerpo dota de escritura al espíritu. Rozo tu mano y estoy enunciando algo, ahí hay un enunciado. Golpeo tu rostro y estoy enunciando algo, ahí hay otro enunciado.

El Nazareno aquella noche no fue un hombre, sino un párrafo tras otro párrafo tras otro. Yo no era una mujer sino el enunciado complejo de aquello que está a medio pensar.

La primera vez que yacimos aprendió a balbucear. Yo entendí que no hay mujer ni hombre llegado cierto entendimiento. Sencillamente yo había creído hasta entonces que dicho entendimiento, dicho conocimiento mutuo, era asunto de mujeres. Después de él, no es de extrañar, ningún otro ha llegado a conversar mi cuerpo.

Tratar con cuerpos te enseña que el castigo y la venganza se escriben sobre ellos, como la decadencia, la perversión y el poder. De la misma manera, el amor. Amar en un sentido grande. No me refiero a desear un cuerpo, a la necesidad lúbrica de poseerlo, de satisfacerte en él. Tampoco la trampa que tiende el embelesamiento, tan estéril. En un cuerpo se traza la idea del amor mismo. Sobre el cuerpo se narra esa necesidad, que reclama cobijo, arrastra al júbilo, modifica lo que toca.

Aquel primer encuentro era sencillamente el inicio de nuestra honda, íntima conversación, un diálogo que no ha terminado. Cuando el mutuo conocimiento alcanza a pulsar la cuerda del espíritu, no basta con la voz. El cuerpo entero es necesario. Yo también, sí, yo también aprendí a balbucear aquella noche. Crecer sobre otro cuerpo, pensar, subir, abandonar lo que eras, para ser.

Aprendió a balbucear y lloró. ¿Cómo no iba a llorar?

Me miraba y se veía. Yo conocía esa mirada. Esa era una mirada de mujer. «¿Quién eres?», me pregunté. Esa pregunta encerraba la siguiente: «¿quién soy?».

¿Quién soy?

Y también la siguiente: «¿qué somos?».

Ha pasado el tiempo, sigo amándole, y creo que ya tengo la respuesta: somos lo bello, somos el fruto del pensamiento, somos el cuerpo que con las puntas de los dedos roza la posibilidad de conocer, somos aquellos que vislumbran su propia finitud.

Nuestro amor no existía. Era conocimiento, era el ansia por conocer. Él no solo tenía respuestas. Ahí, sobre mi cuerpo, se dibujaban sus preguntas. Mis preguntas. Las preguntas.

23

María era aún una niña cuando la desposaron con José, de la tribu de David. Él acababa de enviudar con tres hijos varones a su cargo. Necesitaban una mujer y consiguieron una joven virgen de la tribu de Leví. Eso parece importante, tribu de David y tribu de Leví. Sin embargo, lo sustancial era la virginidad de la muchacha. Nada sé de él más allá de su industria maderera. No le conocí ni María lo nombraba.

Durante muchos meses, el Nazareno, hijo de José, y los suyos permanecieron a orillas del mar de Galilea, habitualmente al oeste del río Jordán. Allí empezó su magisterio y allí se unieron a él discípulos de la zona, además de los hijos de Salomé, familia. Mi casa se fue convirtiendo en un lugar donde descansar, y también algo parecido a un centro de operaciones. Magdala es un buen sitio, se encuentra a medio camino entre Cafarnaúm y Tiberíades, cerca de Betsaida y de Nazaret. Sobre todo, está bañada por el mar sin sal. Somos gente de mar y a la vez de agua dulce. Juan, Santiago, Simón Pedro, Andrés, Leví, Salomé de Zebedeo, su hermana María, madre del Nazareno, y yo misma bebíamos de las mismas aguas, tan distintas a las de este Mediterráneo que ahora, aquí en Éfeso, me sala los labios y encrespa mis cabellos.

Todo había cambiado ya entonces. De las doce barcas que trabajaban para mí quedaban solo cuatro. Conseguí juntar toda la producción en uno de los almacenes y vaciar los otros dos. Pronto estuvieron abarrotados por sus seguidores habituales, los discípulos más cercanos y otros que iban por los pueblos contándoles a las gentes la llegada de ese mesías que llevaban generaciones esperando. De paso, las adornaban con prodigios y extraordinarios sucesos. Llegaban hasta Magdala creyendo que el sol salía de noche y que de los árboles brotaban frutos de los frutos de los frutos. Qué idiotez. En una de las naves se instalaron las gentes y en la otra las bestias, pero hombres y mujeres acabaron mezclándose con aves de corral, cabras y corderos, mulas, borricos, perros que acudían a la caza de algún hueso y las ratas habituales. Se corrió la voz de que quien quisiera encontrar al maestro solo tenía que acercarse hasta allí, a los almacenes del puerto de Magdala, y esperar. Lo que había sido el lugar de las ánforas, las redes, lugar de sales, hierbas y especias, se convirtió en una especie de ciudad dentro de la ciudad que no tardó en rebasar sus propios muros, colmando de peregrinos, intrusos y menesterosos también mi propia casa.

María encontró junto a las doctoras un lugar donde se sentía más cómoda que entre el gentío ávido de algo, de cualquier cosa, a la espera de encontrarse con el Nazareno. No era extraño que alguien acabara señalándola como su madre y entonces una muchedumbre se arremolinaba en torno a su cuerpo menudo y claro. Recuerdo que una de las primeras veces que salió, recién instalada en casa, un barullo de personas excitadas por su presencia la alzó en volandas. Cuando llegó el Gigante, le habían quebrado un brazo.

En cuanto al ánimo, resultaba difícil, si no imposible, quebrar a María. Caminaba con decisión de un lado a otro de la casa, cargaba agua para las doctoras, lavaba los paños y las túnicas, con sus pequeñas manos frotaba hasta quedar exhausta y empapada en sudor, sentada en algún rincón, con el rostro encendido. Hablaba poco. En ocasiones, cuando el agobio me despeinaba el ánimo, se acercaba, tomaba mis manos y me masajeaba los nudillos con las suyas, enrojecidas por sales y grasas. Ni siquiera en los momentos finales, ante el cuerpo de su hijo lacerado, desgarrado por la tortura, dudó un momento de lo que tenía que hacer, lo que quería, había decidido hacer. Nunca se dejó disuadir. Jamás apartó la vista. No olvido eso, esa forma de no retirar la mirada.

Agradecí que ella y Salomé recalaran donde las doctoras. Su presencia evanescente seguía irritándome. Mi nervio rechazaba esa paz suya, me repelía y me expulsaba. Entendió pronto el papel de las doctoras. Ana y ella tenían la misma edad y una forma muy parecida de estar sin que su presencia ocupara espacio. Las recuerdo sentadas al anochecer en los escalones de la entrada, agotadas y satisfechas, en silencio, cada una recogida en su interior. Entonces sentía una punzada de celos. No era raro ver a María aparecer con alguna mujer a la que sanar o coser. Ese empeño en la bondad y el servicio forman parte de una doma, de un adiestramiento. En cualquier caso, sin mediar decisión y como siempre, nuestra casa era territorio de las mujeres.

Una de esas noches, en el momento del descanso, Ana aprovechó mi presencia junto a ellas en los escalones para preguntarle:

—María, dicen que tu hijo es el hijo de Dios.

Me sorprendió. Nunca hasta entonces las había oído hablar sobre algo que no fueran asuntos prácticos. María levantó la vista hacia las adelfas, cuyo frescor, más allá, se había apropiado de la última luz. Después se miró los pies en un gesto habitual en ella. Calzaba unas sandalias que fabricábamos para pisar polvo y lodo con suela de doble cuero y un par de cuerdas. No había tiempo para adornos, ni eran prácticos. Incluso yo fui desnudándome de atavíos. Como todas, ella llevaba los pies aún sucios del día, las uñas negras, los tobillos cuarteados de barro seco. Sonrió sin levantar la cabeza.

—Eso dicen.

—¿Y tú qué dices? —prosiguió Ana.

—Mi hijo es hijo de mujer. De hombre y mujer. —Parecía hablar consigo misma—. Quién sabe cómo son los hijos de Dios. Quién sabe qué diferencia hay entre él y tú misma, Ana. Yo no lo sé. ¿No sois acaso la misma cosa, las mismas criaturas?

—Ayer tu hijo se enfadó por eso mismo —comenté yo.

Era cierto. El día anterior, el Nazareno había mandado callar a un grupo que entre la muchedumbre gritaba que era el hijo de Dios. Sucedía con frecuencia cuando el gentío se apiñaba a su alrededor. De golpe, alguien entraba en éxtasis o sufría algún tipo de fe convulsa y se soltaba en alaridos dementes que no tardaban en contagiar al gentío. Entonces, el trance los llevaba a gritar que estaban ante Dios, que veían a Dios, que era el hijo de Dios, Dios, Dios, Dios y más Dios. Se rasgaban las ropas, se tiraban de los cabellos, lloraban y se retorcían. Había presenciado arrebatos similares ante alguno de los muchos profetas que circulaban por pueblos y caminos. Esas muestras de enajenamiento colectivo interrumpían cualquier explicación o diálogo, cualquier intento por exponer una idea o comunicarse con quienes escuchaban. Entonces la serenidad que había pretendido crujía y se hacía añicos contra la pared de la perturbación. Ahora dudo de que esa serenidad fuera completa, fuera real. No quiero escribir certezas. Él sabía qué efecto provocaba, e iba alimentándolo. Con el tiempo, se fue volviendo más y más habitual, hasta el punto de resultar peligroso. Parecía que podían acabar con su vida, que una ola humana podría engullirlo y, una vez convertido en objeto mágico, despedazarlo y repartirse los restos. No era ajeno a aquello. ¿Era su intención?

Se juntaba de todo en los almacenes y el puerto, en los alrededores de Magdala y de Cafarnaúm, de manera que el camino entre ambas ciudades se convirtió en un gran campamento donde se instalaron miles de personas llegadas de todos los puntos de Galilea, pero también de Judea, Perea, Idumea, del otro lado del Jordán y la otra orilla del mar, incluso gentes llegadas de Tiro y Sidón, en las costas del Mediterráneo. Habían caminado jornadas enteras, a menudo cargando con sus hijos y muchos de ellos con sus bestias. Quienes tenían enfermos y tullidos llegaban exhaustos tras arrastrarlos por montes y secarrales en lechos toscamente fabricados con saco y dos palos. Algunos habían enterrado por el camino a sus familiares sin siquiera lavarlos, tapándolos con tierra. Afortunadamente, estaban el mar de Galilea y el Jordán. Cada mañana se podía ver a un mundo de peregrinos sumergirse en sus aguas; cada noche enjuagar el polvo y el barro de los caminos, baldear a las criaturas. De otra forma habrían cundido suciedad, infecciones, miseria y muerte.

El campamento permaneció entre Cafarnaúm y Magdala durante meses y meses, quizás un par de años, siguiendo la línea de la costa. Respondía a esas locuras sobre los prodigios y milagros que obraba el Nazareno, que curaba a los enfermos, que desaparecía llagas y pústulas, que conseguía hacer brotar de los muñones miembros nuevos y devolvía la cordura a los dementes. Incluso se llegaba a decir que era capaz de resucitar a los muertos.

Salomé organizó la manera de hacer llegar alimentos a aquellas gentes. No logramos hacer desaparecer el pillaje, pero aseguramos la subsistencia en los asentamientos. Los habitantes de los alrededores soportaron todo gracias a los beneficios que les reportaba. Salomé ayudó, las mujeres ayudaron, enviaban a las criaturas, más ligeras, que corrían de un lado a otro arrastrando cestos y carretas. Entre todas organizaron la manera de que campos y bestias abastecieran esa extraña ciudad levantada con palos, trapos y palma. Ah, las mujeres. El alimento y la higiene, su organización, el orden y el sostén básico son cosa nuestra. Así ha sido siempre. Eso me ha enseñado la vida y de eso no me cabe duda. Sí, pero yo ponía el dinero, y en ese acto decidía elevarme a un lugar al que ellas no tenían acceso. Algo quedaba de mí que me mantenía a salvo de todo aquello iluminado y servicial que emanaba de ellas. Yo había llegado hasta allí a buscar otra cosa, algo que bien valía toda mi fortuna.

Los hombres faenan con lo que consideran alimento del espíritu mientras las mujeres se ocupan de la comida. Esa forma suya de predicar la pobreza que no tiene en cuenta los mínimos que vivir exige. El Nazareno repetía a los suyos que vivieran de lo que las gentes les proporcionaran, bajo los techos que les fueran prestados. Siento rabia al recordarlo, toda la rabia que entonces no tuve tiempo de permitirme. Qué fácil pensar que, sin moverse del sitio, el alimento caerá del cielo, que su Dios les dará de comer, amparo y techo, que les vestirá como hace con las flores del campo, ese tipo de bobadas que han pasado de padres a hijos por generaciones como si se tratara de sabiduría. Santones, religiosos, profetas, sabios, políticos, revolucionarios, sí, pero ¿quién ordeña cabras y ovejas? ¿Quién amasa el pan? ¿Quién maneja el horno? ¿Quién teje? ¿Quién se ocupa de la higiene en los lugares del descanso y donde los alimentos se consumen? ¿Quién espanta a las alimañas?

—Magdalena, empezamos a tener un problema allá afuera.

Leví llegó a casa temprano el día en que el Nazareno se enfureció con la multitud enajenada. Por primera vez tuvo que subirse a una barca y echarse al mar para no ser engullido. Aquellas gentes llevaban días a la intemperie alimentándose apenas de esperanza. La esperanza es más difícil de engañar que el hambre. Querían ver a su Mesías, pero no les bastaba con eso. Querían tocar sus ropas y que él los mirara a los ojos, uno a uno. Ninguno de los hombres que recorrían el territorio proclamando milagros y maravillas se paró a pensar que quienes les prestaban atención querrían también gozar de todo aquello. Al principio, ilusión y esperanza alimentan, pero dura poco. Por fin sucedía algo verdaderamente épico en sus vidas, algo salvador, histórico, definitivo. Tras generaciones esperándolo, había llegado el enviado de Dios que liberaría al pueblo judío. Y ese enviado era nada menos que su hijo, el hijo de Dios, decían. ¿Cómo no empeñar todo lo que tenían y emprender viaje? ¿Qué valían sus vidas, sus magras posesiones, su forma de habitar la tierra, frente a la posibilidad de alcanzar a tocar al enviado, de ser también ellos, de alguna manera, los elegidos?

El trabajo en casa y en los almacenes se había multiplicado en un mundo de mujeres abejas de una particular colmena que parecía inagotable.

—Tenemos problemas en todas partes —insistió, y pensé que, si también Leví se apoyaba en nosotras, toda aquella fantasía de equilibrio se desmoronaría y solo quedarían polvo y restos. Polvo y restos de nosotras—. Sigue llegando gente, Magdalena.

—¿Crees que no nos damos cuenta? —Con un gesto del brazo derecho intenté que abarcara las decenas de hombres y mujeres que, sentados en el patio de la casa, esperaban algo. Ni ellos ni yo sabíamos bien qué. Si no hubiera sido por el Gigante y algunos hombres de los almacenes que ponían orden, aquellas gentes habrían arrasado la casa.

—Sí, lo sé, lo veo. Pero esto no es nada. Estoy atento. Parece que soy el único ahí fuera que presta atención a lo que va a suceder.

Leví estaba acostumbrado a manejar bienes y dinero. Él se hacía cargo de que no faltara nada entre quienes trabajaban con nosotras, es decir, entre quienes manteníamos a las gentes mínimamente atendidas. Al verle desbordado, temí que algo terrible sucediera. Fui consciente de que podía suceder.

—¿Qué quieres de mí que no esté haciendo ya? —pregunté arisca.

Se quedó pensativo. Volvía a llover. Llevaba toda la semana cayendo esa lluvia terca y mansa, traicionera como toda mansedumbre. Los campos estaban embarrados y las gentes, además de las necesidades habituales, soportaban esa humedad del lodazal que pudre los sueños.

—Discúlpame. No sé qué vengo a buscar de ti. Probablemente esto...

—Ahora eres tú quien teme, Leví.

—Es posible.

Leví pasaba con facilidad de la emoción al abatimiento. Como el Nazareno, era persona poco estable, de ahí su estrecha relación y mutua confianza.

—¿Merece la pena? Dime, ¿la merece? —Mi pregunta era seria y además era verdadera. Sus dudas eran algo que yo no podía permitirme. No llegados a esas alturas. Llevábamos meses frenéticos. Estaba hecho. Ya todo había cambiado. Mi miedo no era el temblor solitario y nocturno del roedor. Se había vaciado de huesecillos. Me daba cuenta de hasta qué punto había estado sola en mi pelea por ser. Qué barbaridad. Hasta qué punto había vivido tantos, tantísimos años vestida de otra a cambio de recibir esputos. No estaba dispuesta al fracaso. No se trataba de venganza, sino de haber ventilado el fango del rencor, ese que el dolor va depositando en las entrañas, haberlo convertido en polvo y después sacudido como quien cepilla a una caballería. Ser yo era algo nuevo para mí. No ser otra, sentirme necesaria—. Respóndeme, Leví, ¿te parece que merece la pena?

—Sí, claro. La pregunta es qué, de qué se trata. Merece la pena, pero empiezo a no saber de qué se trata. Eso es.

Mi amigo acusaba el cansancio de meses frenéticos. No solo se trataba de abatimiento. La espera cansa más que la acción. Otros habían salido a los caminos a anunciar la noticia y las enseñanzas de Jesús. Él permanecía a su lado, responsable de que las cosas funcionaran mientras el resto paseaba una fiebre de fuerza.

—Se trata de la vida —respondí—. Tú me lo dijiste. Me dijiste: «Las cosas no deben seguir así», y te hice caso. Ahora todo esto —repetí el gesto con el brazo— ya no es del todo mío.

—¿Eres feliz, Magdalena?

—Estoy satisfecha, creo. No tengo tiempo de pensar en eso.

Mi fortaleza era a esas alturas lo suficientemente sólida como para no dejarme arrastrar a la melancolía. Ni miel ni arañas iban a detener aquello que me sacudía. Vencer sin violencia. Ahogar a los miserables en el agua negra de su propia ruindad.

—Tengo una sensación que me intranquiliza, atormenta mis sueños.

—Ciérrales el paso y no te des tiempo, Leví.

Supe que, pocas horas después de nuestra conversación, el Nazareno gritó furioso a los enajenados que clamaban que era el hijo de Dios. Les prohibió tales afirmaciones, pero ellos se abalanzaron hacia él hasta el punto de que los pescadores tuvieron que subirlo a una barca y remar mar adentro. Desde allí les dirigió algunas palabras, esas que luego corrían de boca en boca entre la muchedumbre que no alcanzaba a oírlas, que las inventaba y echaba a rodar.

Sin duda esa era su voluntad. Incluso en su furia latía la necesidad de ser venerado.

24

Llovía con fuerza y había soñado que desde Meroe, en África, llegaban las mujeres negras portando a Amanitore, reina de las Candaces, en un trono que era un elefante seco. Cantaban con voces de hombre. Ella se inclinaba hacia mí, pero me quedaba lejos, así que lanzaba su brazo, que era una trompa, y me montaba a la grupa. Entonces, aquella dejaba de ser una bestia seca y se ponía en movimiento.

Aquel día, las gentes se habían refugiado en sus rudimentarios cobijos cubiertos con hojas de palma y, quienes cabían, en los almacenes portuarios de Magdala o Cafarnaúm. Las de lluvia recia eran jornadas más tranquilas en las que trabajábamos al paso, sin carreras. A la mujer la llamaban la hemorroísa y su único pecado consistía en salir a la calle pese a su sangrado constante. No se trataba de un flujo de sangre periódica, sino constante. Sucedía, lo habíamos podido contemplar en casa, que algunas mujeres ya infecundas sufrían de hemorragias que solían resultar mortales. Ella no vivía en Magdala, debía de haber viajado desde alguna otra ciudad al encuentro de aquel que suponía podía salvarla. Era una apestada. Su sangre resultaba insoportable. En general, la sangre de las mujeres rompe la pureza que la sociedad es capaz de soportar, o sea, que los hombres y quienes acatan sus idioteces son capaces de soportar. La sangre está ahí, y bien cumple su misión para engendrar los hijos del hombre.

Algunos discípulos llegaron portando a la mujer en volandas. Estaban empapados. En la puerta, el Gigante la tomó en brazos y la llevó hasta el pabellón de las doctoras. El Nazareno nunca antes había participado en una curación, eran sus hombres quienes traían hasta la casa a los enfermos, generalmente apestados, a menudo sanables. Cuando apareció, las doctoras ya hacían su trabajo, y su madre con ellas. Como sucedía habitualmente, Simón Pedro y algunos otros se quedaron fuera, en la calle.

—Estás cansada, Magdalena.

El cabello del Nazareno goteaba y traía la túnica calada.

—Entra en la casa. Las muchachas te darán ropa seca y algo de comer.

—¿Dónde está la mujer?

—La mujer está bien. Ahora Ana se ocupa de ella.

—¿Morirá?

—¿A mí me lo preguntas? ¿No eres tú el que sana a los enfermos?

—Las enfermedades de las que me ocupo no tienen que ver con el cuerpo. Yo trato con la ignorancia y la violencia. Ese es mi magisterio. ¿Morirá la mujer?

—No lo creo. Qué sabrás tú de la violencia.

Podría decirse que el alboroto de la hemorroísa, la sangre, la irrupción del Gigante con ella en brazos, habían distraído a las gentes instaladas en el patio hasta el punto de no percatarse de la presencia del Nazareno, pero lo cierto es que ni siquiera lo reconocían. No lo habrían distinguido de cualquier otro que entrara en la casa. Su aspecto era el de un hombre cualquiera, ni más alto ni más bajo, igual de descuidado, sucio y empapado que el resto, la piel igual de oscura.

Entramos en la casa grande y agradecí que su aparición me permitiera retirarme. Mi padre, y sobre todo mi vida entre doctoras, me habían educado en el aseo. El agua, las tinas grandes y las pequeñas, el placer de eliminar el día sumergiéndolo. Las muchachas prepararon el baño, templaron el agua, la perfumaron.

—Deberías alimentarte —le dije una vez estuvimos solos.

Completamente desnudo, se recostó contra una de las esquinas, con los brazos abiertos. Entonces su verdadero rostro, el que yo conocía, el íntimo, se deshizo del rostro que traía. Como si lo estuviera viendo ahora mismo. Tenía la cabeza echada hacia atrás, la nuez sobresalía del cuello y pensé en un pájaro. Todo él era huesos, y también el pecho parecía el de una gran ave sin plumas, una carcasa o un instrumento de cuerda cubierto de cuero oscuro. Acaricié despacio la ondulación de su costillar, sin intención de dar descanso. Subí hasta los hombros, a la mandíbula, los pómulos, la frente, las sienes. Sin intención de dar descanso. Reconociendo. Somos cuerpo y todo lo sostiene la osamenta. Pensé que cuando ya nada cubre la osamenta, solo queda la cabeza. Lo recuerdo con tal claridad porque no he dejado de pensarlo. Me detuve en la cabeza. Sentí que me pertenecía, y entonces, al pensarlo, me perteneció. En aquel momento era mía. Cuando abrió los ojos y me miró ya volvía a estar allí, ya era él.

—Parece que solo te quedan ojos, Nazareno.

—Eso no importa.

—¿Qué importa, pues?

—Ya lo sabes.

—Te veo y eso me transforma. El hecho de verte, de verme.

—Pero tú te empeñas en detenerte en los ojos, Magdalena.

Besé su ojo derecho. Besé el izquierdo. Recosté mi espalda sobre su pecho, mi desnudo sobre su desnudo.

—Somos estos cuerpos —dije.

—Somos lo que significa este acto tuyo sobre mí.

25

Soy fuerte. Eso soy y eso he sido. Me tienta detenerme a pensar a qué precio. Qué precio pagamos por no dejarnos vencer. No debo.

Recuerdo cuando regresé a Magdala pasados los primeros años en Roma tras el asesinato de mi padre. Creía que me movían el rencor y la venganza. Ahora sé que se trataba de un empeño: «No podréis conmigo». Había vivido ya dos vidas. La primera, junto a mi padre y las doctoras, aquella infancia plena, a salvo de toda violencia. La segunda, mis años en Roma, un crecer en el dolor, la furia y el aprendizaje atesorado a dentelladas, fiesta, frivolidad y lujos hacia el regreso. Volví a Magdala decidida a tomar posesión de lo que era mío y consciente de que eso podía costarme la vida.

Igual que arrastraba dos vidas, enfrentaba dos posibilidades. Podía recluirme en la casa de mi padre, desaparecer nutrida por los negocios que el fiel Lucio iba administrando minuciosamente, refugiada en los amorosos cuidados de Ana y fingiendo que mi existencia se veía colmada con el simple hecho de sostener a las doctoras fomentando su enseñanza, favoreciendo la oculta educación de las muchachas. Pero también podía no esconderme, rechazar toda humildad y sumisión, el ocultamiento. Eso elegí.

A qué precio es una pregunta que no debo hacerme.

¿Qué precio paga la loba por ser loba?, ¿y la yegua por serlo?

Cuando pisé de nuevo la casa de mi padre ya vestida de otra, no dejé espacio para la infancia y la inocencia que allí permanecían. Les cerré el paso. Esta no es la casa de mi padre, me dije. Es ya mi casa.

Y no van a poder conmigo.

Me tumbarán y volveré a levantarme. Me darán la espalda y avanzaré en dirección contraria. Me escupirán y cubriré con túnica de seda sus esputos. Seré roca sobre la que la sangre resbale. Seré altiva para que no me rocen. Impondré mi poder para sembrar de servidumbres sus hogares. Me alejaré de toda crueldad, rechazaré cualquier forma de crueldad en mí para, llegado el día, poder recuperarme.

—No te reconozco —me dijo Ana al poco de llegar de Roma—. No sé quién eres.

—¿Y quién eres tú, amiga querida?

—Yo soy la que era.

—No me cabe duda. ¿Tú sí y yo no?

—No te reconozco.

—Me conoces. En eso consiste. Conocer y reconocer. ¿Cómo no vas a conocerme? ¿Acaso necesitas reconocerme para saber que me conoces?

Me desnudé ante ella. Dejé caer a mis pies el sofisticado atuendo necesario, los ornamentos, la túnica de seda y su brillante cubierta carmesí, todos los abalorios. Aquel anhelo de ella que me acompañaba desde niña no era solo deseo, sino espejo. Dejé caer los ropajes sin ceremonia. Detesto la ceremonia a pesar de que nada me ha costado fingirla cuando ha sido necesario. El poder exige ceremonia. La riqueza permite evitarla. Sin ceremonia. No era el mío un deseo elaborado, sino animal. Por eso mismo podía suceder o no, y en cualquier caso sería colmado. En sí mismo.

Permanecimos un tiempo, no sé si breve o dilatado, así, de pie, ella con su ropón austero de maestra lejana y yo desnuda. Mi mirada obligaba a la suya, «entra, entra, entra y mira, soy yo». Por un instante temí, y habría sido comprensible, que se diera la vuelta y partiera, probablemente para no volver. Quizás fue ese instante, o el instante anterior a ese instante, lo que llevó mi mano hasta su rostro.

—Podría decirte, Ana querida, que yo tampoco reconozco a la mujer que elige juzgarme...

—No te juzgo.

—... que no la reconozco porque no eres tú.

—No sé quién eres.

Suspiré ya sobre sus labios y estaba cansada.

—Somos nosotras, Ana, somos nosotras.

26

No conozco el pudor. Es por los cuerpos, todos los cuerpos que han desfilado ante mí desde mi nacimiento. Cuerpos heridos, cuerpos cosidos, vaciados, sanados, cuerpos que ya cargaban a rastras la muerte. El pudor pertenece a quienes dibujan e imponen el castigo y a los ignorantes. El pudor se refiere al cuerpo, se alimenta de él y lo cose al pecado. La ciencia, como el conocimiento, es lo contrario del pudor. Lo contrario del pecado.

Mi cuerpo desnudo ante Ana entonces no es diferente de mi cuerpo desnudo ante el Nazareno o, ahora, ya casi ni cuerpo, paseando su larga decadencia entre las muchachas. Esta es mi fortuna, haber encontrado espejos y respuesta a mi desnudez.

Aquel viejo «No podrán conmigo» ya encerraba el rechazo a sus dictados de comportamiento, la refutación. Oponerles mi desnudez, mi soberbia y mi fortuna. No la celebración orgiástica de la infamia. La desnudez estricta de mi cuerpo dispuesto a no atenderles, no someterme a sus patrones. Fingen imbricadas leyes sobre ritos y mitos cuando en realidad se trata de los cuerpos. La propiedad de los cuerpos.

Cuando, desnuda ante Ana, desnuda de regreso elaborado, le dije «Somos nosotras» me refería a eso. Una se da cuenta tiempo después. No soy tuya. No eres mía. Ahora, en este momento, somos nosotras. En este momento. Después seremos una y otra solamente. Qué cosas. Había regresado empeñada en que sus leyes no pudieran conmigo y daba por supuesto que se trataba de poder y riqueza. Claro que sí. Eso hacia afuera. Pero el gesto de nuestro primer reconocimiento ya encerraba, destilada, la transgresión. Todo está construido sobre ritos de posesión. Tú eres mi marido y tú mi mujer, este es mi hijo y esta mi casa. Es curioso que precisamente hable yo de propiedades, pero no más que el desprecio del Nazareno por la riqueza. Cualquier cosa, le oí repetir que cualquier cosa era más fácil que el hecho de que un rico entrara en su Reino de los cielos.

—Te permites decir eso, detestar las riquezas, porque duermes en mi casa y comes en mi mesa —le dije en una ocasión.

—No hablo de riqueza sino de propiedad.

—Yo soy rica. Lo soy porque poseo. Poseo una industria, poseo bienes, esta casa e incluso lo necesario para alimentarte a ti y a los tuyos. Son mis propiedades.

—Exacto. Tú lo posees y lo usas. No lo idolatras. La acumulación es idolatría, no la fortuna. La acumulación y la usura.

Mientras escribo, las muchachas pululan por la casa, más allá de la puerta que me aísla en mis recuerdos. Son mi familia. Aquellas y aquel ante quienes expuse, expongo mi desnudez son mi familia. Vuelvo al cuerpo. El cuerpo desnudo crea una unión que permanece en ese gesto cuando supone una afrenta al pudor y las leyes sagradas.

Busco la voz, mi voz. Siempre sé cómo van a endurecerse mis dedos al sentarme a escribir sobre el Nazareno. Si metiera las manos en arcilla y las sacara húmedas y con ellas así mojara en tinta mi caña, no sería distinta la sensación. Antes de la décima línea, se irían cuarteando en su ejercicio, levantaría las manos y, al mirarlas, en el breve tiempo de tal gesto, mis dedos habrían perdido toda utilidad.

Así mi voz.

¿Debo describirlo, a él? Y en tal caso, ¿enriquecería en algo aquello que decido narrar?

No tengo tiempo de más. Ha pasado otra vida entera desde su desaparición. No tengo tiempo en términos estrictos, a mi ser en esta tierra le quedan quién sabe si días. Pese a eso, decido narrarme aquí, incluirme. Rechazo abiertamente en este momento cualquiera de los textos de Pablo de Tarso y sus semejantes que vierten su propia necesidad de permanecer en escritos de supuesta doctrina. Y, de ese modo, los intoxican. ¿De qué serviría mi testimonio si no incluyera a quien lo lega?

A él, el Nazareno, y a mí, María la Magdalena, nos juntó nuestra deformidad. Éramos una excepción, una excrecencia en nuestro tiempo. Ambos soberbios, ambos convencidos de que cualquier sacrificio da sus frutos. Ambos deformes. La diferencia entre él y yo residía en aquello que habíamos decidido sacrificar y para qué. Yo había resuelto pagar con una parte de mi vida la posibilidad de volver a ser, ser yo, o sea, la arrogancia no solo de conocerme, sino de vencer al otro, da igual quién fuera el otro, incluso si se trataba de una tradición milenaria e indestructible como la judía. Él había decidido pagar con su vida la posibilidad de ser eterno, convertirse en un texto, difundirse. Era un iluminado que se alimentaba de sí mismo. La construcción de su propia figura, el éxito de sus ideas, el fervor de sus seguidores, resultaban suficientes para saciar su apetito. ¿Apetito de qué? ¿Solo transgresor? ¿Un apetito revolucionario contra lo injusto? Puede, pero cuánto hay de soberbia en esas luchas. ¿Acaban, deben acabar, indefectiblemente en la muerte?

Este acto mío es una muestra de que, en parte, consiguió lo que se propuso.

Me hice cargo de su empeño, cierto es, por conveniencia. Su voluntad de ofrecer otra forma de vivir, una voluntad que incluía ofrecerse él mismo en sacrificio, incluía la destrucción de aquello que yo necesitaba también, a mi modo, echar abajo. Destruir lo existente para fundar algo nuevo o como forma de venganza. ¿Importa eso? Pero una nunca tiene en cuenta la ternura. Al final fue también la ternura lo que me empujó a acompañarle, a él y a lo que le sucediera, hasta hoy, hasta el resto de mis días. Sin embargo, por lo que veo, por lo que leo y por las noticias que me llegan, aquella voluntad suya, la del Nazareno, sí ha acabado por fructificar. Hasta el punto de echar a temblar las leyes sagradas. ¿Existe algo más convincente, más tentador, que la resurrección?

«Si Cristo no resucitó, vacía es nuestra predicación, vacía es también nuestra fe.» Ahí están sus frutos y ahí lo que será, mucho me temo. Pablo de Tarso escribió en esta misma ciudad de Éfeso dichas palabras dirigidas a la comunidad de seguidores establecida en Corinto. Por eso busco mi voz. ¿Cómo describir estas cosas que van sucediendo? ¿Cómo oponer mi verdad con estos dedos que se quiebran?

Sencillamente, él jamás resucitó.

27

Cuando la hemorroísa estuvo sanada, hicimos venir al Nazareno. La mujer se había empeñado en que necesitaba despedirse de él, dar las gracias. Abandonó el pabellón y se dejó caer de rodillas. Después, anduvo a cuatro patas hasta un rincón del patio, parecía una perra, y comenzó a llamarle a gritos. Cayó la noche y seguía destemplándolo todo con sus alaridos. Quedó claro que no se iría hasta que no lo consiguiera. Para ella, las doctoras y yo misma no éramos sino miembros accesorios de su verdadero salvador, que era él, quien consideraba había obrado el milagro en su vientre, quien había extirpado la víscera, cosido la carne, velado y repuesto ungüentos y emplastes.

Entró el Nazareno y la mujer se arrastró hasta sus pies. Lloraba y gemía agradeciéndole una y otra vez la salvación. Pensé que era una idiota. No solo una desagradecida, una idiota incapaz de reconocer el trabajo de las doctoras, los cuidados que día y noche había recibido de pupilas y muchachas. En cambio, ahí estaba, postrada ante el hombre cuyo único mérito consistía en haber ordenado que la trajeran a casa. Inclinaba la cabeza hasta apoyarla en el suelo junto a sus sandalias. Abrazada a sus tobillos, babeaba y moqueaba sobre sus pies, la mejilla en su empeine.

—Ya estás sanada, mujer —observó él ayudándola a incorporarse. Le retiró del rostro el cabello pringoso de lágrimas, mucosidad y barro, y la invitó a irse—. Ahora, no vuelvas al lugar del que procedes, y no le cuentes a nadie lo que ha sucedido.

«Ahí estás —pensé al oír sus palabras, te tengo—. ¡Ahí estás!»

En ese momento exacto, al oír sus palabras, vi todo lo que tenía en común con los profetas embaucadores que poblaban caminos y orillas, todo lo que tenía de farsante. «Ahí estás, simulador.» Recuerdo que no me enfureció. Claro que no me enfureció. ¿Qué había hecho yo para llegar hasta donde me encontraba sino fingir? ¿Qué, sino crear un personaje y enfundármelo? Entonces todo cambió. Fue ese preciso instante, ese y no otro, el que me ha traído hasta el lugar donde cuatro décadas después, anciana y huesuda, escribo estas líneas.

Cuando enfrenté su rostro, mi mirada sobre él ya era otra. Había descubierto lo que teníamos en común. Tanto tiempo después, por fin. No eran las razones, sino los métodos. Ambos queríamos echar abajo el poder, las leyes, el Templo, la obediencia, la tiranía de castigo y violencia y castigo y violencia. Eran las excusas. Pero mis razones para hacerlo eran unas y las suyas otras, muy otras. Sin embargo, compartíamos las armas, la impostura.

—Sé lo que estás pensando, Magdalena. —En sus ojos bailaba el brillo divertido del entendimiento.

—No lo dudo, querido. Sabrás pues que, a partir de ahora y ya de forma explícita, mi lucha es tu lucha y tu lucha es mía.

—Me sorprende cuánto has tardado en apreciarlo.

28

A la mañana siguiente envié al Gigante en busca de Leví. Había soñado con un río de sangre que era el Jordán enfurecido en cabriolas granas salpicando las orillas mientras la gente se lanzaba sin temor al agua que no era sino sangre. Yo lo soñé también sin temor. Vi pasar una lengua encendida que se enroscaba sobre sí misma e iba a romper al mar de Galilea, lo teñía y seguía su curso hacia tierras de Judea.

Caía la tarde cuando Leví llegó exultante, algo nada habitual en él desde que los seguidores del Nazareno se habían convertido en muchedumbre. Yo llevaba tiempo echando de menos sus arranques de entusiasmo. Al parecer, un nuevo grupo de fariseos y escribas había llegado desde Jerusalén con la intención de amedrentar a aquel que osaba trabajar y sanar en sábado, aquel que sentaba a su mesa a gentiles, mujeres, prostitutas, recaudadores. Buscaban ponerlo en evidencia ante la muchedumbre y exigirle una prueba de que era el hijo de Dios. Tonterías de ese tipo muy propias de fariseos. En realidad, sucedía que el Sanedrín y el sumo Caifás veían cuestionado su poder desde hacía ya algún tiempo por quien al principio les había parecido otro iluminado. Pero eso era cuestión de Caifás y su suegro Anás, cuestión política. Aquellos fariseos llegados hasta Magdala creían de verdad que podían poner en un aprieto al Nazareno, pero era él quien los había hecho llegar hasta allí. Habían caído en sus redes.

—Cuando vieron acercarse a la muchedumbre, su número, no daban crédito —reía Leví—. Todos los que rodeábamos al maestro pudimos ver el miedo en sus rostros. Ante ellos había una extensión inabarcable, todo lo que alcanzaba la vista, completamente cubierta de hombres, mujeres y niños.

—Hay que ponerse en marcha, amigo. —Mi semblante era serio y estaba claro que su relato no había hecho mella en mí.

—Estamos en marcha, Magdalena —exclamó aún febril—. ¡Más en marcha que nunca!

—No lo entiendes. Ahora empieza la verdadera persecución. No será por el sábado o por ser hijo de Dios ni de nadie. Es para matarle.

Fue una bofetada, una mano abierta de palabras contra su rostro, hasta tal punto física que le alejó de mí un par de pasos. Mutó de la alegría al pasmo, y luego al espanto.

—¿Qué dices, insensata?

—Tenemos que darnos prisa. —No cabían las explicaciones, todo caería por su propio peso, y esperé que confiara en mí—. Queda muy poco tiempo para la Pascua. Usarán la Pascua. Ya no pueden celebrarla con él enfrentando su poder. Cuestiona sus normas y su violencia como una forma de existir. Por eso usarán la Pascua. Ellos y el Nazareno la usarán. Unos para matar, el otro para hacer su entrada triunfal. Forman parte de lo mismo.

—¿Cómo, Magdalena? ¿Cómo lo harán? —En su tono ya se tambaleaba el desafío—. Qué disparate. Somos miles, cientos de miles las personas que le seguimos. Le adoran. Confían ciegamente en él.

—Ahí, ahí está el problema. Se trata de un ejército. Ahora ellos saben, sin ninguna duda, que el Nazareno ha llegado para destruirlos, puede hacerlo. Sin darse cuenta le están ayudando, colaboran con él.

—¿Cómo un ejército, María? ¿Has perdido la razón? Esas gentes no conocen las armas. ¿Has olvidado las enseñanzas? La pobreza, el amor frente al odio y la violencia.

—Esas son sus armas, Leví, nuestras armas. No existe sobre esta tierra arma más poderosa que un pensamiento contrario al poder, a la injusticia. Contra el poderoso basta armar con una sola idea al oprimido, la esperanza y la posibilidad de participar en la lucha. La épica... Al Templo no se le planta cara con escudos, lanzas, espadas. Además, está la crueldad de Roma, matan a miles de personas por la afrenta de una sola.

—¿Qué tiene que ver Roma?

—¿Estás ciego, Leví? ¿Por qué crees que los zelotes se han unido al Nazareno? ¿Por qué forman ya parte de los discípulos que le siguen? Para ellos es el enviado que liberará al pueblo judío. Esta vez del poder de Roma. Recuerda a Moisés, la liberación del yugo egipcio, de la tierra prometida, todo eso. Los zelotes harán cualquier cosa, cualquiera, para conseguir la libertad del pueblo de Israel, esa torpe idea suya de libertad, territorial, esa idea suya de pueblo judío.

Leví se mesó la barba, dio la vuelta y se sentó en los escalones de entrada a la casa. Había caído la noche y todavía era fresca. Quedaban pocos días para la primavera, para la celebración de la Pascua, el momento en el que yo sabía que todo iba a precipitarse.

Habían pasado cerca de tres años desde el día en el que me había robado a mis pescadores. Desde entonces, aquel pequeño grupo de familiares del Nazareno se había convertido en cientos de miles de seguidores, motivo de odio asesino para la cúpula política judía y un engorro para Roma, que veía desordenarse de nuevo la región más conflictiva del Imperio, otra vez. En aquella época las relaciones del gobernador Pilato y el sumo sacerdote Caifás eran más que cordiales. Se necesitaban. El orden en tierras de Israel beneficiaba a ambos, y el Nazareno ponía en peligro un equilibrio que, como se demostró poco después, solo necesitaba una excusa para dejar de serlo. Cuando la lucha es por el territorio, y lo es en la inmensa mayoría de los casos, basta una idea para abrir el surco donde ambos bandos se agostan.

En varias ocasiones, el Nazareno había dicho que iban a matar al hijo de Dios o que matarían al hijo del hombre. Entonces no sabíamos a qué se refería. ¿Cómo habríamos podido? Hablaba con sentencias confusas, pequeñas historias para alimento de ignorantes que resultaran lo suficientemente nubladas para cubrirlo con un manto de transcendencia, algo que a veces refulgía y otras resultaba oscuro, vísceras de pescado en descomposición. Aseguraba que le iban a matar, no dejaba opción a la duda. ¿Pero acaso no hablaba también de extraños sucesos, de un reino de los cielos, de Dios como su padre? Entre nosotros nadie creía que sus palabras fueran literales, que de verdad anunciara su asesinato. En aquel momento ni siquiera resultaba una posibilidad.

Por supuesto, a esas alturas yo ya sabía que lo querían muerto, que lo necesitaban muerto. Como fuera. Mi certeza de que aquello no iba a suceder era inquebrantable, en el último momento escaparíamos.

Las cosas que ocurrieron después no son tan fáciles de explicar.

Sabía que él vencería, así de simple. No recuerdo qué entendía yo en aquel momento por vencer. Al final todo se había convertido en una locura. Como quien rema, rema, rema y rema con todas sus fuerzas, hasta casi morir, para llegar al fin del mundo, y cuando lo tiene delante no sabe qué hacer con él ni cómo ha llegado tan lejos, ni siquiera sabe si quería estar ahí. Por eso había que darse prisa, pero era imposible que le explicara todo aquello a Leví la noche que se derrumbó, porque ni siquiera yo lo sabía. Estaba ahí, pero las cosas que están ahí a menudo no se ven, tienen que pasar el tiempo y la tierra para apreciarlas.

Y sí, pasados tiempo y tierra me he dado cuenta de que el único que sabía lo que iba a suceder era aquel terco nazareno. Lo supo desde el principio, desde antes de robarme a los pescadores. Lo supo porque fue él quien lo urdió y lo provocó.

—Vamos dentro, Leví. Esta maldita humedad.

—No lloverá.

—No, amigo, no lloverá. —Miraba hacia el lugar donde no hay nada—. Levántate, Leví, tenemos prisa.

Me situé tras él y le empujé por la espalda para que se incorporara. Era un peso muerto y también me pareció un fardo olvidado tiempo atrás por alguien. En la casa, las muchachas calentaron vino dulce.

—¿Y si lo matan? —preguntó emergiendo de su propio fondo.

—No lo matarán —aseguré, y así lo creía.

—¿Cómo lo sabes?

—Llevo ya demasiado rato diciéndotelo. Tenemos que actuar rápido. Van a ser muchos pasos, no será breve.

—¿Qué hay que hacer? —Por fin hablaba como aquel recaudador de impuestos del pasado.

—¿A quién puedes ceder el manejo de los fondos?

—Judas lleva tiempo ayudándome.

—¿El zelote?

Aquel hombre estaba en la base de nuestro segundo problema. Los exaltados de la patria, los violentos, los fanáticos del territorio. Nunca supe quiénes de ellos acabaron con la vida de mi padre. Sí me enteré de que habían bajado de las montañas, que venían de otras tierras. A esas alturas mi odio hacia ellos se había convertido ya en una vejiga seca bajo mi corazón, pero su sola presencia despertaba aquel resto de hiel, un latido de rabia. Judas no me gustaba. Yo tampoco a él.

—Sí, el zelote.

No era momento para mis asuntos. Demasiado camino andado como para desenterrar mis fantasmas pequeños. Luchábamos contra la bestia, una construcción mayor cuya destrucción, pensé, los arrastraría hasta convertirlos en polvo.

29

Sabíamos que el Nazareno querría hacer una última aparición pública previa a su marcha hacia Jerusalén. Algunos días antes reuní a su madre, María, a Salomé y a Leví. Nos acompañaron las doctoras, algunas de sus pupilas y todas las muchachas de la casa.

—Tiene que resultar excepcional, debe crear tal impresión entre los miles de asistentes que se corra inmediatamente la voz. Muchos de ellos se acercarán hasta Jerusalén para la Pascua. Deben llegar con la noticia.

Nos habíamos reunido al amanecer en el pabellón de los cuidados. La primavera desplegaba su aroma con el primer sol. Toda la semana había llovido, pero aquella mañana ya solo quedaban la humedad y el barro. En cualquier otra ocasión, ese cambio de tiempo que precede a los días cálidos, esa despedida de lluvia mansa, habría henchido mi pecho con ideas de piel y música. El apremio de los acontecimientos me hizo notar la falta de embeleso. Pensé que soñaría con el mar y plata de peces en las redes.

—¿Cuántas personas calculáis que hay acampadas entre Cafarnaúm y Magdala? —pregunté a Salomé y

María, al mando de quienes permanecía la atención de aquellos campamentos.

—Miles de almas —respondió la de Zebedeo con un gesto que daba a entender que podrían ser lo mismo diez que cien mil.

—¿Te refieres a diez mil?

—No —terció la madre del Nazareno—, al menos diez mil familias. No personas, familias. No se puede llevar la cuenta. Nadie podría. Cada mañana parten hacia allá los pequeños con sus cestas y los carros llenos de grano desde aquí, también desde la otra orilla del lago. —Había pesar en su mirada y una niebla sin oscuridad—. Se nos están terminando los recursos incluso a nosotras.

—Tenemos medios para años, que desde luego no necesitaremos. Lo que aportamos Leví y yo no termina.

—Pero el grano sí.

La urgencia me recordó a la náusea del miedo. El miedo, el fracaso y la primera punzada de la vergüenza comparten un agrio que va de la garganta al ojo.

—Necesitamos cuatro días y todas las barcas y pescadores de aquí, de Cafarnaúm y de Betsaida. Las familias recibirán a cambio el doble de lo que ganarían por sus faenas.

Salomé y Zebedeo, los almacenes, las conservas, vasijas y toneles llenos estaban en mi mente. Un ánimo de conjura se fue instalando en el pabellón y cuando salimos, estoy segura, despedíamos tal energía común que bajo el sol iluminaba más que el sol.

Pasados los años me sorprende que fuera aquella la única ocasión en la que se me agitó el ala de la duda. Tras todo lo hecho, la falta de grano no podía desbaratarlo. No lo hizo. Nuestra empresa era tan descabellada que empujaba de mi centro hacia el futuro en una carrera jalonada de certezas. Estaba ahí. Se había corrido la voz por pueblos y ciudades, en todos los hogares se hablaba del Nazareno, su nacimiento y sus enseñanzas. Miles y miles de almas creían ya que él era el Mesías enviado por Dios para liberar al pueblo judío y guiarlo de nuevo, como Moisés, hasta un tiempo de paz, prosperidad sin yugos y quién sabe cuántas bobadas más. En mi caso, había llegado aquel que podía vencer la tiranía, la brutalidad y el crimen, sí, servir para vencerla y convertirme en alguien necesario. La idea de vengar a mi padre, el odio que conservé en sal durante mi juventud en Roma, se había retirado a un oscuro lugar bajo mi corazón, sustituido por la venganza de la sangre de las muchachas, de las niñas. No era solo yo, eran los vientres reventados, la furia contra las leyes de los hombres, el fin del reinado de quienes aman la sangre. O al menos una victoria histórica sobre ellos. Teníamos a nuestro favor a los judíos de imposición e ignorancia. No podían permitir que aquel a quien llamaban hijo de Dios quebrara sus leyes. No podían permitir que siglos de represión y siembra de barbarie terminaran de un plumazo. Era tal la fuerza que sentíamos, alimentábamos, contagiábamos, que emprendimos aquella locura de peces y panes sin dudar ni un instante de que tendría éxito.

Mi papel era único. Mi euforia bebía de la mudanza desde la apestada impostora a la benefactora imprescindible. Amabas confluían en un mismo punto: la riqueza.

30

Durante aquellos días frenéticos de pescadores, redes y almacenes, sucedió algo que iba a cambiar el futuro. El del Nazareno, el nuestro, y por lo que voy observando ahora, pasado tanto tiempo, el futuro de un pueblo. Podría acabar desvaneciéndose todo.

Muy temprano, el Gigante había aparecido con una muchacha en sus brazos, una criatura con la carne aún tierna. Traía la cara cubierta por una capa de sangre seca, barro y polvo, y el pelo pegado al cráneo a golpes. También sangre en los muslos.

Tiempo atrás, el Gigante había decidido expulsar del patio principal a las familias que se habían ido instalando a medida que crecía el número de seguidores del Nazareno y la ciudad, las orillas, los caminos, los campos habían estallado en gentes. Fue decisión suya y me pareció bien, aunque poco importaba mi opinión. El Gigante, como las doctoras y las muchachas que vivían en la casa, tomaban decisiones sobre el funcionamiento y el orden de las cosas. Como sucede ahora, aquí en Éfeso. Solo así la casa alcanza su armonía propia, cada asunto y cada objeto van colocándose en su lugar, encajan y prestan serenidad al cuerpo y el espíritu. Con alguien al mando, no funciona, todo cruje. Eso queda para ejércitos y asuntos de trabajo. Nuestro lugar se dedicaba a la ciencia, la enseñanza y, lo que es lo mismo, la sanación.

Un día, el Gigante fue acercándose a cada una de las familias del patio. Con su lenguaje sin sonidos les hizo entender que debían partir y una a una las fue acompañando con seriedad a la puerta. El ejercicio le llevó desde el amanecer hasta que el sol se puso. Eran muchos hombres y mujeres, la mayoría con sus hijos, sus enseres, algunos con sus animales. No recuerdo que ninguno opusiera resistencia, malos modos ni protestas. El Gigante les había repartido agua, trigo y pescado durante todo el tiempo que permanecieron en casa, había acompañado a sus heridos. Ellos lo veían de vez en cuando cargar en brazos cuerpos golpeados, reventados, moribundos, a menudo criaturas, casi siempre de mujer. El Gigante era un hombre al que respetar.

La mañana en la que aquella niña murió, apareció el enviado del fariseo. Las muertes en el pabellón nos llenaban el corazón de gusanos y llorábamos en silencio. Así nos encontró aquel mensajero.

—Me envía un hombre de paz.

Había permanecido en el extremo del patio más alejado de las escaleras. Me percaté de su presencia y su forma de evitar mirarnos. Su atuendo era rico, con la discreción de lo verdadero. En esas circunstancias, con otro aspecto seguramente no le habría prestado atención. Había llegado el momento de que pobres, mendigos y fanáticos eran solo asunto del Nazareno, no mi asunto, si es que en algún momento lo fueron. No era la mía, desde luego, una lucha en favor de la pobreza, sino de la austeridad. Mis motivos distaban mucho de todo aquello. Recibí a aquel hombre por su elegancia sobria y rica, por su aspecto aseado. Así es. Qué error no haberlo hecho. Pero eso era imposible. Recuerdo haber sentido que formaba parte de lo que iba a suceder. Esas cosas se presienten. No era el primer fariseo que se presentaba en la casa. Era distinto. Aquel recién llegado, el que se presentó como enviado, no traía agitación. Más bien una mirada cargada de prevenciones y cierto pudor que le llevaba a retorcerse las manos a la espalda.

—Vengo de parte de un hombre sabio, un hombre del Templo —anunció—. Llegamos hace algunas jornadas desde Jerusalén. Le gustaría, en caso de ser posible, conversar con el maestro.

—¿Qué tengo que ver yo con el Templo de Jerusalén? —Su simple mención me agriaba las vísceras—. ¿Por qué acudís a mí?

—Nos han dicho que descansa en esta casa.

—Debería ser mañana, a más tardar.

¿Por qué tomé tal decisión? ¿Por qué me permití organizar dicho encuentro por mi cuenta? Ni siquiera cuando la vida esté ya huyendo de este cuerpo, y poco falta, sabré de dónde surgen las decisiones inmediatas, los pálpitos, las intuiciones que escapan a cualquier razonamiento. Las doctoras aventuran que podrían proceder del olfato. Quién sabe.

Aquella misma noche hablé con el Nazareno.

—Se acerca la Pascua —dije.

Me miró con una complicidad sin palabras. A aquellas alturas ya nos conocíamos más allá. Después, se sentó en el suelo, a mis pies, y apoyó la cabeza en mi regazo. Entre mis dedos iba quedando el polvo que acumulaba su cabello.

—Sí, la Pascua —murmuraba en realidad un pensamiento.

—¿Estás seguro de tus pasos?

No nos habíamos referido hasta ese momento a su partida hacia Jerusalén. Simplemente estaba ahí, de nuevo con una certeza que no requiere palabras.

—¿Vuelves a tener miedo, Magdalena?

—Esta vez sí.

—¿Y cuándo no? —me preguntó—. Eres una mujer valiente.

—Se nos ha echado encima la noche.

—Ya lo he dicho, lo he repetido: matarán al hijo. Lo elevarán.

—Querido, sé que no hablas palabras vanas, pero no te matarán.

—¿Qué significa morir?

—Sé que significa salvarse, Nazareno. Pero ¿salvarse quién? ¿Quién elige? ¿Morir cuántos? Y, sobre todo, ¿morir para qué?

Hablaba sin levantar la cabeza mientras yo iba deshaciendo el barro de sus ondas. Había vuelto a llover y una fragancia de lombriz llegaba desde el patio.

—Mañana, a esta misma hora, tienes que estar aquí, Nazareno.

—Siempre estoy aquí. —Detuve mis caricias—. Me refiero a que siempre estoy también aquí.

—Ha llegado un hombre desde Jerusalén, un maestro del Templo. Ha viajado solo con la intención de hablar contigo.

—Él sabrá entonces de las cosas que van a suceder.

Levantó su rostro hacia mí y vi que su mirada estaba ensombrecida. Temí haberme precipitado, pero era mi momento. Todo estaba ya listo.

—¿Hablarás con él?

—Haré lo que él desea —asintió con la cabeza—. Se acerca la noche. Él ha elegido la noche. He sabido que hoy ha muerto aquí una muchacha.

—Una más. Cada vez me repito que nuestra mayor obligación consiste en no acostumbrarnos a la muerte.

Se incorporó y avanzó hasta situarse a mi espalda. Me retiró el cabello, apoyó mi cabeza en su vientre.

—Es el dolor —dijo.

31

Era el dolor. El dolor exige disfraces. El de verdad, el único, no miles de dolores. Ese tan descomunal que ya solo eres dolor, escorpiones y sangre.

Disfraces, sí, eso. Debajo, dentro, el rencor y la venganza crepitan con el sonido de los huesecillos de las aves al quebrarse. Inventas una risa, la estrenas, y en cada carcajada, metes la mano, agarras un pajarillo de tu pecho y aprietas hasta sentir cómo su casi inexistente esqueleto crec, crec, crec, se te quiebra en el puño. Y otro pajarillo, y otro, y así. Vas metiéndote la mano en el centro, junto al corazón, sacando gorriones, estrujando sus fragilidades, no las alas, el cuerpo, hasta que mueren, que es inmediatamente. A carcajadas, con la risa recién estrenada tapizando de cadáveres gorrión tus alrededores.

El disfraz no es limpio, ni sano, ni elevado. Se alimenta de inocentes. Si admitieras su brutalidad, si te permitieras tal debilidad, toda la construcción levantada para salvarte se desmoronaría y de nuevo serías ya solo dolor. He ahí la elección: matar o morir. En eso consiste y se debe optar. Morir de dolor o disfrazarte para seguir viviendo, aunque a cambio mates la inocencia y todo lo pudras. Entonces, el acto mismo de decidir no morir, incluye la condena a la soledad. Dentro, enjaulados en rencor y venganza, revolotean los pajarillos a sacrificar. Tus pajarillos.

En Roma elegí el disfraz. Elegí no morir, a la vista está. Opté por la soledad, el rencor y la venganza. Inventé una risa nueva, abierta y salvaje, unos pasos que aplastan lo que se cruza y esa graciosa frivolidad que se decora con monedas. Eso decidí y en eso trabajé durante los años de mi infancia y juventud tras el asesinato de mi padre y por el asesinato de mi padre, entre aquellos con quienes llevaba toda su vida tratando.

Rencor y venganza.

Esa en la que me había convertido fue la que regresó a Magdala entre risas y sedas. Aquella que volvió no era fruto del azar, no me había convertido en ella por obra del mineral salitre que cubre de nácar todo cuerpo con el paso del mar. Ni eso ni la vida, tan corta aún mirada desde ahora, habían hecho de mí aquella mujer rica, poderosa, frívola y sola que regresaba a Magdala. Había sido una elección. Mi elección.

Todo esto viene a que debo volver una y otra vez a explicarme, ¡a estas alturas!, de dónde salió mi participación en aquella locura del Nazareno, de sus discípulos, de los zelotes, de las mujeres con esperanza, de la desobediencia. Aquellos tiempos que se aceleraron hasta reventar en lo inevitable. Después de tantos años, sentada aquí ante estos mis escritos, al fin descubro con claridad que se trataba de despojarme de aquella, quemar el disfraz, abrir la boca y vomitar un vuelo de aves vivas. Desnudarme y borrar con el desnudo toda soledad.

Era el dolor. Tanto tiempo había pasado siendo otra, que hasta que no encontré la jaula, no me di cuenta de que estaba rota, que el rencor y la venganza habían volado, que ya no era jaula. Quedaba el dolor, pero era un dolor de costra vieja sobre el que se instaló, mucho mayor, el miedo a fracasar en ese paso.

Pero para entonces ya había decidido unirme a él.

32

Los hombres como Nicodemo no me gustaban. Formaba parte del Sanedrín, su poder político y religioso era enorme, nadie en toda Judea ignoraba su fortuna ni su proximidad al sumo sacerdote Caifás, y sin embargo no pertenecía exactamente a todo aquello. Mis recelos hacia los hombres como él eran fundados. Representan el poder, pertenecen, pero de tal forma que lo convierten en algo blando, le prestan cierta humanidad, lo endulzan. Son aquellos que dicen comprender los asuntos del poder, los explican morosa, didácticamente, como si a alguien le cupieran dudas sobre de qué se trata, y aseguran creer en sus bondades. Son los hombres con poder y sin cinismo. Hay que huir de los poderosos sin cinismo.

El varón poderoso, el verdadero, el cínico, jura trabajar por el bien de los pobres, de los súbditos, dictar leyes y aplicarlas para que el mundo sea más justo, para poner un orden que declaran imprescindible y que sin ellos y sus normas se convertiría en un campo de muerte y caos. Sin embargo, ese varón poderoso y yo sabemos que no es así. Todo consiste en un pacto sencillo según el cual él y los de su condición impondrán la violencia para seguir acumulando poder y bienes. A cambio de mi obediencia y mi farsa de creerles, ellos me permitirán seguir con vida. Pero no es cierto. Ellos matan, ellos sí me matarán, de cualquier manera, en cualquier momento pueden hacerlo sin ni siquiera esgrimir una sola razón. Sus leyes sirven para matar, sus ejércitos sirven para matar, los guardianes de sus normas sirven para matar y sus secuaces matan, solo matan, para eso existen. Todo en ellos apesta a muerte, al hecho de matar, hasta el punto de que lo han convertido en algo habitual, cotidiano, natural.

Sin embargo, hay entre los poderosos un grupo todavía peor, el de aquellos que de verdad creen en lo que dicen, en las leyes que dictan, creen que hay un dios que señala el día en el que se debe descansar, y también el castigo a infligir a quien no lo haga; que hay un dios que señala a quién matar y por qué, e incluso cómo hacerlo; que las leyes por las cuales se puede apedrear a alguien hasta reventarle cuerpo y vida son justas. La idiotez sin fin, son la idiotez sin fin y resultan peligrosos. Son hombres que se consideran sabios y se dedican a buscar minuciosamente explicaciones convincentes sin ser conscientes de que pueden dedicar su vida entera a eso precisamente porque son hombres que se creen sabios y tienen todo el tiempo que les dé su dios para hacerlo. Nicodemo era uno de ellos.

Su primer encuentro con el Nazareno sucedió, como acordé con el enviado, en el patio de la casa. No me hizo falta que comenzara la conversación para comprender de qué tipo de hombre se trataba. Salomé había expresado su desconfianza durante toda la jornada. Ella, junto a María y las muchachas trajinaban pescados, granos y conservas, sudaban y se dejaban la piel, así que su temor era fundado, no podían estar haciendo todo aquello para nada. Nada bueno podía venir de ahí. Sin embargo, el Nazareno había decidido acudir aquel año a celebrar la Pascua en Jerusalén y yo tenía la certeza de que allí tratarían por fin de asesinarle y que el ataque procedería directamente del Sanedrín. No iban a permitir un personaje como el Nazareno, ni nuestro movimiento, por razones religiosas, pero, sobre todo, y es lo mismo, por razones políticas. Poder y obediencia. La visita de Nicodemo en ese momento no podía ser casual, con seguridad debía traer algún mensaje, amenaza o algo peor.

En cuanto le vi, comprendí mi error. Aquel hombre no era un enviado político ni religioso. Ni siquiera era un enviado. Aquel era un hombre bueno. O sea, lo peor que podía sucedernos, lo más inútil. Así lo pensé entonces: qué inútil todo esto en este momento acuciante, definitivo, ahora que no tenemos tiempo que perder.

Cuánto me equivocaba. Cuánto nos equivocamos cuando creemos poder controlar el tiempo y sus asuntos, las horas y las cosas que suceden.

A pesar de todo, durante la primera parte de la conversación permanecí junto a ellos.

—¿Cómo volver a nacer una vez nacido? —preguntó Nicodemo sin rodeos tras presentarse.

—Dímelo tú —le respondió el Nazareno.

—¿Cómo, perteneciendo a una doctrina, comprometido y creyente, se puede nacer en otra fe sin abandonar la primera?

—¿Acudes a mí para ponerme a prueba?

—No. He venido porque creo que es importante. He sentido una llamada. Se trata de la idea de volver a nacer.

Toda doctrina tiene su perversión. El paso del tiempo y de los hombres a través de ella la pervierte, la modifica y la va corrompiendo. Requiere, entonces, ser interpretada una y otra vez. De eso se trataba, pero aquel hombre no podía aceptarlo inmediatamente. Si hubiera dejado demoler todo su tiempo levantado sin cinismo, todos sus años de reflexión inventando justificaciones, habría caído también él fulminado allí mismo.

—¿Qué gana un hombre dejando de trabajar en sábado? —preguntó el Nazareno.

En ese momento se despertó una cigarra y su chre, chre, chre marcó el ritmo de la conversación.

—¿Un orden?

—La posibilidad de un castigo, la invención de un castigo, la justificación de la violencia y la jerarquía.

Nicodemo calló durante un rato largo y el Nazareno retomó la conversación.

—¿Qué ponzoña encierran los gentiles, las mujeres y los apestados que os prohíbe sentarlos a vuestra mesa?

—Así lo dicta la Ley —contestó el sacerdote.

—Mis leyes refutan cada una de las vuestras. Su poder es tal que no procede de mí, sino de lo elevado. En muy poco tiempo, en lo que dura un latido, cientos de miles de hombres y mujeres, sea cual sea su condición, han comprendido mi ley y la han aceptado. Pregúntate por qué. Pregúntate también de dónde viene. Y de dónde procede la tuya.

Aquella era una conversación donde el que pretendía representar la humildad rezumaba una soberbia simple, casi infantil. Me provocó sonrojo.

Desatendí a los hombres al verlas salir. Tres doctoras acompañaban a Ana. Hacía ya rato que sus pupilas habían dejado la casa. Las maestras salían descubiertas y el pelo blanco de mi querida marcaba un camino. Una nunca podía saber cuál, pero sí que era sendero sereno. Estábamos charlando en las escaleras cuando se acercó el Nazareno acompañado del poderoso Nicodemo, cuyos ropajes, habitualmente de respeto y elegancia, resultaban ridículos entre las mujeres de la casa y su lavada austeridad. El Nazareno murmuró algo al oído de Ana y esta se levantó sin mirar al recién llegado. Me di cuenta, sorprendida, de que iban a dirigirse al pabellón de las doctoras. Ya las cigarras eran un coro. Ya estaba todo sucediendo. Por eso no importaba el paso que iban a dar. Éramos conscientes de que algo, ¿qué?, estaba a punto de terminar para dar paso a otra cosa. Entonces, desde luego, no podíamos saber qué eran ese «algo» ni esa «otra cosa», no sabíamos en qué acabaría aquel impulso feroz que nos mandaba cada vez más lejos, más arriba, más deprisa. Una locura. Participábamos de la soberbia del Nazareno y su descubrimiento, nos había lanzado con tal fuerza, elevándonos, que aquello solo podía ya reventar y dispersar pedazos de nosotras mismas contra el cielo.

Ana no empezó a hablar hasta cruzar la puerta del pabellón. Su voz era templada y sobria sin severidad. Los hombres se plegaron a su autoridad.

—Nosotras somos invisibles. Salvamos vidas y eso podría costarnos las nuestras. Buscamos e instruimos en el conocimiento, por eso nadie puede vernos, aunque nos vea.

En el interior, un silencio de algodones decorado, más allá, por el crepitar de los insectos.

Ana fue recorriendo salas, explicándolas sin florituras ni jactancia. «Aquí la de partos y cirugía, aquí la de convalecencia, aquí el lugar de las enseñanzas, aquí el de las lecturas.» Aquella mujer conocía el dolor profundo, abismalmente. No mi dolor de jaula, sino el otro, el físico, aquel que la verdadera muerte abraza. Por eso su caminar moroso destilaba orgullo y desafío.

—¿Cuáles son vuestras enseñanzas? —preguntó el doctor del Templo.

—Así como se conoce el cuerpo, se conoce lo que somos.

—¿Qué somos? —insistió él.

—Estudiamos el funcionamiento de la carne, las obras de los hombres y sus escritos, el trayecto de los astros, el movimiento de las cosas y los números.

—¿De dónde proceden vuestros conocimientos?

Fue la primera y única vez que Ana miró a los ojos a aquel que se llamaba maestro en las Leyes de Dios y de los hombres.

—Nosotras nos hacemos preguntas. —Entonces, dirigiendo su mirada al Nazareno, añadió—: Oponemos la pregunta a la orden, a la fe ciega y la certeza. A la muerte oponemos la vida.

Después, sin despedirse, marchó junto a las maestras que la esperaban afuera.

—Quien crea en mí, vivirá para siempre —dijo el Nazareno a Nicodemo cuando nos quedamos solos.

Qué frase innecesaria, qué banalidad.

33

Nosotras nos habíamos ocupado del alimento durante todo el tiempo que duraron las prédicas del Nazareno en tierras de Galilea, un tiempo que en ocasiones recordé larguísimo y en cambio ahora, llegada a este punto de mi escrito, se me antoja un instante. Ana y las doctoras, sus pupilas, María, Salomé y también las mujeres de Magdala y Cafarnaúm nos ocupamos de lo práctico, de la higiene y de cuidar a aquel hombre empecinado, brindarle un lugar donde descansar, dormir y recuperar el cuerpo, ser amado sin estridencias. Yo cedí, como Leví, parte de mi fortuna para su acción. Además.

Así fue también durante su última aparición pública antes de partir hacia Jerusalén, cuando ya las cosas estaban llegando a su fin.

Teníamos todo listo la mañana en la que Leví corrió a avisarnos de que aquel era el día. El mar había amanecido bajo un cielo tierno que no amenazaba lluvia ni mudanza. Aquello nos alivió en parte. Temíamos desmayos o golpes fatales. Las fuerzas de aquellas gentes estaban ya muy machacadas tras meses, en algunos casos más de un año, malviviendo en los campamentos. No estábamos preparadas para eso. Había soñado que Ana no era Ana sino un monte grande de olivos y yo lloraba por no poder abarcarlo, me abrazaba a su ladera como un lagarto confundido con la arena y que era arena.

Aunque nos repitiéramos lo contrario, no estábamos preparadas para nada de lo que iba a suceder a partir de aquella misma jornada. ¿Quién puede prever los pensamientos, las decisiones de un hombre dispuesto a todo, a lo más enloquecido, tras haber comprobado que su pensamiento y sus palabras mueven montañas y destripan las leyes? Un hombre alimentado de sí mismo que hace de su existencia fantasía o nada. No cabe punto medio.

Aquella vez los discípulos que seguían al Nazareno, sus hombres, con el Gigante a la cabeza, nos ayudaron. El alimento procedía siempre de algún lugar al que ellos no creían pertenecer. Aquellos hombres predicaban el amor, como el propio Nazareno, y me pregunto qué pensaban que significa el amor. ¿De qué se trataba amar, según ellos, si no se alimenta, se cría y se teje, si no se cuida de la higiene y la enfermedad? Sigo preguntándome ahora qué amaban y cómo, en qué pensaban o si siquiera pensaban en algo. Recuerdo la enseñanza, también del Nazareno de amar al otro como a uno mismo. Quizás podría haber dicho amar como eres amado, lo cual sería impropio de alguien que me arrebató a mis pescadores, proveedores de alimento, para convertirlos en hombres dependientes de la generosidad ajena. Dependientes. Pero estas son cosas mías que no me he dicho hasta que han pasado muchos, muchísimos años. Quizás, quién sabe, también se refería él a esto. Todo está siendo pervertido ahora.

Aquel día, nosotras, las mujeres de la casa, llegamos al puerto de Magdala poco después de que amaneciera, a tiempo para ver cómo el Nazareno, acompañado de algunos dc sus hombres, subía a una barca y se echaba al mar. Eso tampoco estaba previsto, sencillamente porque no se podía prever. Ya está escrito. Un hombre, otro hombre y otro y otro y el Nazareno partiendo. La sospecha de la huida nos secó la boca y echó a temblar las piernas. No nos miramos, todas con la vista fija en el mar. No nos dijimos nada. No nos movimos.

En todos los hogares de todas las ciudades y pueblos cercanos a los campamentos, ya en sí mismos otra ciudad, se había amasado pan durante los últimos días. Mis almacenes rebosaban de pescado conservado y lavado, como en los depósitos de Cafarnaúm, Betsaida, Tiberíades... Toda la captura de todos los pescadores de la zona, nuestro trabajo y nuestro empeño, estaban a resguardo para aquel día. Leví se había ocupado de pagarles la mitad del dinero acordado. Recibirían el resto después de nuestra empresa, tanto si resultaba un éxito como lo contrario. Ninguna pensábamos en eso mientras veíamos alejarse la barca. El mar de Galilea es solo un lago grande. Eso pensé. No pueden quedarse quietos en el centro.

Con el vértigo del fracaso sentimos cómo nuestro peso iba escapando. El miedo te aligera para que los pies no pisen la tierra y no te hundas.

Qué mezquindad por nuestra parte, qué soberbia. Desde el principio nos habíamos colocado en el centro de todo lo que iba a suceder, pero en ese centro no estábamos nosotras, sino aquella multitud fiel, pertinaz, los miles de hombres y mujeres que permanecían allí instalados, hambrientos de una esperanza, algo a lo que agarrarse para que la vida tuviera un sentido más allá de ser sufrida. Una multitud de hombres y mujeres tan lejos de poder y riqueza que, sorprendidos, pensaban, y seguramente fue así, estar participando en un momento extraordinario de la historia del pueblo de Israel.

Ellos nos guiaron hasta nuestro destino.

Quienes al amanecer vieron partir al Nazareno por mar siguieron el curso de su embarcación desde la tierra. Se corrió la voz hasta que resultó imposible que descendieran de la barca sin que la muchedumbre estuviera ahí. Fuera en la orilla que fuera, sería recibido por una multitud, se correría la voz, se multiplicarían. El Gigante echó a andar con sus zancadas de coloso y corrimos tras él, recuperamos el peso, cumplimos nuestro papel. Ya no había manera de que el Nazareno pudiera escapar del impulso al que había ligado nuestra existencia y nuestro futuro, atadas al abrumador triunfo de una idea: las cosas pueden ser diferentes. La posibilidad de no resignarse, de desobedecer. También la necesidad de hacer daño y destruir. Hacer daño.

Efectivamente, cuando ya entrada la mañana pisó tierra, primero centenares y después miles de seguidores acudieron sencillamente para estar ahí porque ahí estaba él. No estoy segura de si esperaban que ocurriera algo, ni siquiera de si lo deseaban. Estaban, así de simple. Habían pasado más de un año, alguno más de dos, siguiendo a quien no les cabía duda era el Mesías, el hijo de Dios. Llevaban generaciones, desde tiempos inmemoriales, esperándole, y por fin allí lo tenían. Ellos habían sido los elegidos de entre todos los hombres, de entre todos los tiempos, para ser testigos de su ser en esta tierra. ¿Cómo no permanecer?

Caía ya la tarde de aquel día húmedo y suave, gris de primavera, cuando conseguimos abarcar todas las esquinas del gentío y estar seguras de que lo cubriríamos entero. La voz del Nazareno solo llegaba a los más próximos. El resto se conformaba con palabras que corrían de boca en boca y la idea vaga de participar. Algunas madres amamantaban. No quedaba nadie de pie. Salían hombres a orinar y volvían a paso lento arrastrando los pies. Los niños lo hacían directamente donde estuvieran. Pasadas las horas cundía un cansancio evidente y contagioso, un olor espeso que en poco tiempo resultaría insoportable. Los más viejos dormían tumbados como montículos, carne encogida. ¿Qué esperaban? Como de costumbre, una señal, algo que renovara y apuntalara su confianza. Desde todos los puntos se oían los llantos de los pequeños, hambrientos, hartos de las horas y los insectos.

Entonces nos pusimos en marcha. Subido sobre un carro de panes, el gigante lanzó al aire el primer gesto. Arrancamos nosotras y después, de aquí para allá, quienes se nos unieron empezaron a repartir también los panes y el pescado que llevábamos días acumulando, conservando. Una pequeña organización compuesta por un centenar de mujeres, algunos hombres y los niños, cuyo trabajo en las rondas de vituallas para los campamentos había resultado imprescindible. Pronto fueron cientos los que se unieron al reparto de alimento. Hombres y mujeres salieron del sopor en ondas circulares, formaron corros, las criaturas pasaron del llanto al nerviosismo y cundió la celebración básica, humilde, de algo que sucede inesperadamente y es festivo. El alimento surgía de ningún lugar cuando los ánimos ya mermaban.

El alimento.

«¡Otro prodigio del Nazareno!», oí gritar a una de las muchachas junto a mí. Más allá, otras también cumplieron su cometido. A nadie le importaban los cestos a nuestros pies, las carretas que las criaturas empujaban de un lado a otro, la presencia de un gigante sobre un carro, allá al margen. «Gloria al hijo de Dios», aquí y allá. El gentío levantaba las manos con pedazos de pan por bandera gritando «¡Milagro, milagro!» «¡Alabado sea el Mesías!».

Cuando pocos días después llegó la Pascua, todo Jerusalén conocía el prodigio, y el prodigio era descomunal. Alimento. Sanar a una apestada o a un moribundo suponía un gesto extraordinario, sí, pero dar de comer en minutos y en un lugar sin avituallamiento a miles de familias y a sus hijos agotados no tenía comparación con nada de lo anteriormente visto. Habíamos conseguido convertir las maravillas del Nazareno en una sola voz atronadora, centenares de miles de voces en un solo coro.

Aleluya.

34

Olía a heces y orina. A mierda olía, a sangre. Inmovilizada por la muchedumbre vi a una mujer que con la cara empapada en lágrimas se arañaba los ojos, se arrancaba el pañuelo y lo echaba al barro. Llamaba la atención entre una barahúnda de varones. Una criatura se agarró a mi pierna derecha, levantaba poco más de medio metro. Resultaba imposible zafarme, ni siquiera mover la mano lo suficiente como para agarrar uno de sus bracitos, desasirlo de mí.

No sé a quién se le ocurrió la idea del asno. El Nazareno parecía allí encima una cabeza iluminada. Todos nosotros, unos iluminados. Temíamos perder a su madre. María era un animalillo con los pies atascados en el lodo. Ana y las doctoras optaron por permanecer fuera de la ciudad. No era lugar para ellas ni para ninguna mujer. Orina, heces, ropajes, barro. Alguien gritó: «¡Es el Hijo de Dios! ¡Aleluya!», y la masa de cabezas, la masa de bocas melladas se unió al coro de «Hijo de Dios. Aleluya. Hijo de Dios». «¡Es el Mesías!», gritó el joven pegado a la mujer que se había arañado. Pensé por un momento que el crío de allá abajo podía ser su hijo, o de alguna otra, que lo iban a perder, que no les importaba extraviarlo ni perder la vida. A mi lado, el Gigante me amparaba e impedía que cayera.

Nos había fascinado lo del pollino, «Oh mira, soy humilde, somos humildes, no como vosotros, fariseos, no como vosotros, escribas, sacerdotes». Pensé en caballos, en centurias, pensé en ejércitos, cuánto mejor un caballo, cuánto mejor pisar aquellos miles de pies que deseaban ser pisados. El animal aquel se abría paso a duras penas, avanzaba con sus pezuñas sobre gritos, no sobre pies sino sobre llantos que luego fueron ropajes que las gentes iban echando a su paso. Vi a Juan y a Santiago de Zebedeo braceando allá delante para abrir camino. Se volvieron hacia el Gigante, que no dio un paso para ayudarles. Su función era otra, a mi lado. Un hombre apartó a Andrés de un golpe que le hizo desaparecer. Emergió de nuevo sucio, retirándose el pelo con las manos embarradas. Las gentes tenían que tocar el pollino como una forma de alcanzar a su Mesías. Trataban de arrancar pelo del animal. Coceaba y tras él iban quedando en el suelo seres que ya no parecían personas a los que parecía faltarles algo. Allá arriba, apenas arriba, el Nazareno sonreía como si no surcara un cardumen humano, la argamasa homogénea de la que emanaba un éxtasis de humores. Pensé que eran incapaces de controlar sus esfínteres, no en ese estado. A un lado y otro de la bestia, Simón Pedro y Judas se empeñaban en tocar todas las cabezas y todos los cuerpos, posar sus manos, bendecir ellos en representación de algo santo, sagrado. «Cura a nuestros hijos», «Salva nuestra tierra», «Bendito tú eres», y de nuevo el cántico «Hijo de Dios. Aleluya. Hijo de Dios. Libéranos. ¡Es el enviado, es el enviado!» El hombre que había golpeado a Andrés se convulsionaba con los brazos en alto. La humanidad entera parecía haberse concentrado en un fango espeso de cuerpos que debíamos atravesar. Un asno. ¿A quién se le había ocurrido la idea del asno?

Pensé que ya nada pararía aquello. Me alcé un momento ayudada por el Gigante para tratar de ver hasta dónde llegaba el enloquecimiento. No acababa. La masa no tenía fin. Sobre el asno avanzaba su idea de salvación. Algunos pensaban en el espíritu. Otros en la guerra. La mayoría eran solo cuerpos empapados en sudor entregados al trance.

Pensé que era definitivo. «Libéranos», gritaban. ¿Liberarlos de qué? ¿Qué estaban pidiendo? ¿Qué gritaban? ¿Qué era exactamente lo que celebraban, qué estaban esperando de nosotros? El hedor aumentaba a medida que el animal se abría camino y nosotros con él. En los ojos de Salomé pude ver aparecer y desaparecer el extravío una y otra vez. Le grité que agarrara a María, que salieran, que se agacharan y se abrieran paso hasta alguna de las callejuelas. Miré al Gigante, que las alzó en vilo y las hizo desaparecer. Los hombres del Nazareno iban rodeando, a bocados de aire y prendas, la extraña imagen de un hombre reluciente sobre una bestia que nadie alcanzaba a ver. Sus rebuznos marcaban el ritmo, servían de base a las salmodias. «¡Zacarías!», gritó una voz lejana. «¡Zacarías lo anunció!», repitió alguien a pocos metros de mí. Me volví. El hombre que insistía en recordar las palabras del profeta levantaba a un bebé sobre el gentío. Vi caer a la criatura. Lancé un grito, pero aquel tierno no llegó a tocar el suelo, pasó de mano en mano, por encima de las cabezas. Trataban de hacerlo llegar hasta el Nazareno. Después lo perdí de vista, o desapareció.

Cuando el pollino llegó a mi altura me así de la túnica

de Bernabé. Me había quedado sola. Rodeé su cintura a duras penas. «No me dejes ir», le grité segura de que no podía oírme. Tras una hora, dos horas, qué sé yo cuántas, de avanzar arduamente, la muchedumbre pareció esponjarse, pero las patas de la bestia se enredaban con los ropajes espesos de barro y secreciones. A cada metro ganado nos cruzábamos con hombres o mujeres que habían caído al suelo, no se podía saber si de hinojos o agredidos.

Un mendigo se acercó a codazos y mordiscos, trepando cuerpos, hasta nosotros. «Van a matarle. Os matarán a todos.» Judas lo echó hacia atrás de un manotazo duro, hacia la grupa a la que se agarraba Bernabé, y con él, yo. Aquel hombre aproximó a la mía su boca, su dentadura mellada en negro. «Os matarán a todos. Yo lo sé. Mis oídos no me engañan. Eso han dicho.» Trataba de apartarme de su aliento. «Están ahí. Os están esperando. ¿No los ves? Os están esperando. Vais a morir.»

De golpe no me cupo duda de que nos iban a matar.

Como cuando el griterío es tan salvaje que supera el umbral de lo soportable y parece suceder bajo el agua y ya es apenas un eco de fondo, así me sucedió entonces. «El hijo del hombre será entregado en manos de los hombres y lo matarán.» Vi la cabeza de Simón Pedro justo delante de nosotros, manejando la rienda. «El hijo del hombre será entregado en manos de los hombres», había dicho el Nazareno dolorosa, serenamente. La imagen era tan clara que podía rememorarla exacta sobre las cabezas de bocas violáceas echadas a gritar sin que pudiera oírlas, sobre la mujer que vomitaba delante del asno, ante el hombre que tiraba de mí para ocupar mi lugar. Simón Pedro se había levantado al oír aquellas palabras. ¿Cuánto hacía de aquello? ¿Tres semanas? ¿Dos meses? «Será entregado en manos de los hombres. Y lo matarán.» Aquel día que parecía ya lejano, de otra vida, el pozo sin fondo de la mirada de Simón Pedro, se llenó de ira al oírlo. Todos pudimos verlo. No de pena, no de miedo, se llenó de una ferocidad criminal. «¡Nooo!», gritó con la nariz pegada a la de su maestro. El Nazareno dio un paso atrás. Su tristeza hacía llorar. Levantó su mano derecha, la apoyó en la boca de aquel que osaba no comprender, que se negaba y oponía la ira a su amargo anuncio, y algo se quebró entre ellos.

Los plazos, las horas, los días y los años iban perdiendo toda consistencia. ¿Cuánto tiempo llevábamos avanzando sobre aquel légamo de restos extremos? La marcha se había detenido, me pareció que definitivamente, que ya era del todo compacta, que los esqueletos de unos y otros habían encajado. Una construcción. Aquellos que vimos caer con los ojos en blanco, quienes se tiraban del pelo, los hombres cuyas vestiduras eran ya solo barro y excrecencias, las bocas por las que vimos caer la espuma de la insania, habían quedado atrás. Ante nosotros, una masa serena parecía no rozar el suelo. Cuando volví en mí y recuperé el oído ya solo quedaba el mantra manso de los salmos.

Así llegó el Nazareno frente al Templo de Jerusalén, entre un murmullo de elevación que se iba desencajando para dejarle paso. Vi desde lejos a María y Salomé asomando desde una callejuela. Tras ellas, el Gigante negaba con la cabeza. Jamás había visto tanta preocupación en aquella mirada que era todo su lenguaje. Llegué penosamente hasta donde estaban. El Gigante nos abarcó a las tres con sus brazos y nos obligó a entrar en el patio vacío de un grupo de casas humildes. Nos sentamos exhaustas en el suelo, apoyadas contra la muela central.

35

Desperté sobresaltada por el movimiento de un peso junto a la cadera. Dormía de costado, apoyada en el brazo del Gigante. Era el peso de la cabeza de un hombre. Antes de moverme, miré a mi alrededor. El patio se había convertido en un barullo de seres que aún dormitaban aovillados. Fardos. Aparté de mi cuerpo al hombre, el Gigante abrió los ojos y empezó a clarear. El movimiento despertó a María y a Salomé. La madre del Nazareno incorporó su fragilidad y miró alrededor estupefacta. Pensé en ardillas. Ambas escudriñamos a los durmientes buscando a alguno de los hombres del Nazareno. Así permanecimos algún tiempo, ¿cuánto?, a la espera de que alguien nos hiciera llegar uno de los trozos de pan que veíamos circular de mano en mano. Y agua. La noche anterior los habíamos dejado en el Templo atentos a las conversaciones de su maestro con escribas y fariseos. No era lugar para nosotras.

Los peregrinos llegados a celebrar la Pascua abarrotaban ya las calles de Jerusalén.

Salimos amparadas por el Gigante, penetramos entre aquellos cuerpos y nos dejamos arrastrar por la masa que avanzaba en una dirección, daba igual cuál. Avanzar resultaba imposible. No caminábamos, aquello era otra cosa. Una no podía echarse a un lado, sortear un cuerpo, apartarse de la carne ajena. Desde la entrada de un patio, un hombre vendía dátiles, más adelante, en algunos soportales vimos aguadores. Marchábamos tan lentamente que ni siquiera era necesario detenerse para comprar un trago de agua fresca. Tampoco habríamos podido. Entre Salomé y yo, la madre del Nazareno avanzaba en volandas. Pensé que sus pies no tocaban el suelo.

Al llegar a un tramo en el que las callejuelas adyacentes parecían practicables, abarrotadas pero practicables, el Gigante fue empujándonos hacia la parte de la corriente humana adosada a los muros. Fue entonces cuando vimos cómo desde uno de esos pasadizos un hombre le señalaba. Él y yo lo vimos. El grupo que lo rodeaba miró hacia nosotros con ferocidad. En aquellas condiciones, nos resultaba imposible acelerar la marcha. Tanto como a ellos penetrar la marea humana que nos arrastraba y llegar hasta nosotros. En aquel instante, el Gigante abrió los brazos apartando sin contemplaciones a quienes nos rodeaban y que no se atrevieron a protestar. Nos abarcó a las tres y como quien lucha contra una bestia grande, testuz contra testuz, hombre contra masa humana, nos metió en un patio llevándose por delante al hombre que ofrecía algunos dulces desde la puerta.

Durante un buen rato, ya dentro, el Gigante no nos soltó ni nosotras hicimos gesto alguno para zafarnos de él. «Os matarán a todos», recordé. ¿Quién era aquel extraño que me lo había dicho el día anterior? Recordé algo sobre sus oídos. No era un enviado. Era un testigo casual de nuestra sentencia de muerte. Podría haber estado cerca de aquellos hombres del callejón que nos señalaron. Podría haber pasado fortuitamente por su lado cuando lo decían. Pero en Jerusalén la Pascua congregaba a decenas de miles, cientos de miles de peregrinos. Podría sencillamente cundir la amenaza de muerte.

Me sorprendió estar asustada. Yo también era ya una idiota.

—Nos van a matar —dije. Ni María ni Salomé mostraron sorpresa y el ánimo se me llenó de callejones multiplicados y grupos de hombres.

—Nosotras no somos nadie —respondió la madre del Nazareno mirando al Gigante—. Nosotras no existimos, no nos ven.

El vendedor había regresado a su puesto en la entrada, afuera la masa seguía su avance de gigantesca culebra sin fisuras. En el interior del recinto, decenas de hombres parecían descansar, algunos hablaban entre ellos, otros dormitaban. El sol, en lo más alto, me recordó que finalmente no habíamos bebido ni comido. Cuatro viviendas se abrían al patio central. Me desasí del Gigante y entré en una de ellas. La Pascua era tiempo de hospitalidad, pero también de ganancias.

—Tenemos sed. Somos cuatro. Tengo dinero.

El interior era otro lugar, otro mundo. Nada de lo que sucedía afuera había penetrado la serenidad fresca de la estancia. La mujer que trajinaba junto al fogón me miró sin simpatía. Yo jamás había pisado un lugar tan humilde, pero ningún palacio me había parecido tan envidiable y me arrepentí de haber aludido al dinero.

Pese al cansancio, a lo ajado de mi semblante y a la suciedad, mi aspecto no debía de parecer pobre ni amenazante. No, no lo era. Ella me acercó un jarro con agua fresca y yo dejé unas monedas sobre la mesa. Más tarde salió a buscarnos, nos ofreció agua, algo de pan y frutos secos. Le pedí cobijo hasta que llegara la noche y volví a depositar algunas monedas en el lugar del que las anteriores habían desaparecido.

—Nos iremos a media noche —le dije.

El gigante nos señaló a las tres. Estábamos demasiado cansadas para tomar decisiones, para oponernos. Él no vendría.

—Iremos a Betania —determinó María—. Mi hijo estará allí.

36

De repente, huíamos. Nosotras que acabábamos de entrar entre júbilos en Jerusalén escapábamos asustadas, y aquellas dos mujeres a las que había considerado un par de idiotas mucho tiempo atrás eran mis iguales. La noche se había puesto fría. Pensé que quizás era yo la que me había convertido en una idiota. El camino hacia el pueblo de Betania era corto. No me intimidaban piedras, rocas, cantos y filos, sino que estaba sembrado de tiendas tan similares al campamento de Magdala que necesitaba repetirme que estaba huyendo. También de quienes descansaban bajo aquellas lonas.

Ese miedo físico era algo que no había previsto. El temor al fracaso, a mí misma, a la muerte de otros, sí. Pero no la náusea que acompaña al miedo físico, a la posibilidad de sufrir dolor en la propia carne. Tras contemplar tanta herida, hasta ese momento no me había parado a pensar que mi cuerpo jamás había recibido siquiera un leve golpe.

Caminábamos embozadas, un solo bulto oscuro, tratando incluso de evitar que nuestro movimiento desplazara el aire, caminábamos como si pudiéramos no pisar.

Junto a algunas tiendas aún brillaban rescoldos de hogueras, con los animales tumbados al calor. Un hombre que deambulaba tambaleante entre las lonas se nos cruzó sin vernos. Metí la mano bajo mi toca y extraje la aguja de red que escondía entre el recogido del cabello. Era una costumbre heredada de las épocas difíciles. Nunca llegué a pensar en utilizarla, me refiero a que jamás me imaginé usándola contra alguien, pero podía ser un arma y como tal la llevaba, aunque hacía mucho que se había quedado en mero alarde. Mientras avanzábamos perseguidas por los fantasmas de sueños ajenos, me pregunté si sería capaz de matar. Hubo un tiempo lejano en el que me habría contestado que sí, que la cabeza de mi padre justificaba, incluso exigía más muerte. Hay muchas vidas. Tuve una vida que me impuso esa pregunta habitualmente: ¿Serías capaz de matar? Entonces, fríamente y sin temblor, me respondía que sí. Pero en aquel momento, con la aguja de hueso en la mano, yo ya no era aquella. De la misma manera que hoy, en este Éfeso donde voy despidiéndome de mi última vida, no soy la mujer que en el trayecto de Jerusalén a Betania extrajo de su cabello la horquilla que durante tantos años me sirvió de desafío ante las miradas puñal de hombres y mujeres.

¿Serías capaz, llegado el momento, de matar?

«La muerte no es una opción», me respondí.

María y Salomé no dieron muestras de haberse percatado de mi acción. Caminaba blandiendo aquella arma tosca, una aguja para las redes de pesca, cuya verdadera función no era herir sino remendar. Los sonidos de los animales nos impedían oír los pasos, los movimientos de los hombres, lo que resultaba todavía más aterrador. Aquel no era un campamento como los nuestros, allí no había familias ni criaturas, no buscaban respuestas ni prodigios, no jugaban con la esperanza. Su dios era el castigo. Habían llegado desde los lugares más lejanos a rendirle tributo.

La aguja seguía en mi mano cuando avistamos las primeras casas de Betania. Acabábamos de dejar atrás los campamentos de los peregrinos, volvíamos a ser ya tres bultos separados cuando la aparición del Gigante rajó mi terror en un alarido tan violento que partí mi rudimentaria defensa y me herí la mano. Sin más, nos fajó con sus brazos abiertos y echó a andar arrastrándonos.

Deshicimos el camino convertidos en sombras. Deseé sentarme frente al mar, mi mar. Avanzaba pensando en el agua, en las cosas que junto al mar parecen posibles. La tierra tiene límites y las gentes de mar los conocemos. Ante el mar, los verbos «ocupar», «dominar» o «invadir» resultan propios de la infancia. Nosotras, las gentes del mar, jamás podríamos pensar en conquistar un horizonte, imaginar siquiera la idea de un horizonte tierra. Deseé sentarme frente al mar y permitirme gozar del aroma de los seres húmedos.

A la entrada de Jerusalén nos estaba esperando Nicodemo.

37

No se trataba de uno de los periódicos cambios de humor del Nazareno a los que ya estábamos acostumbrados. Lo habíamos visto hacer callar con severidad a los hombres que le llamaban «Hijo de Dios», lo habíamos visto enfrentarse a Simón Pedro en algunas ocasiones, pasar de la euforia al recogimiento o a la evidente indignación al hablar de los ricos, de los falsos profetas, de quienes se apropiaban del nombre de aquel al que llamaba su Padre, pero nunca así. Sin duda era otra cosa.

«No pienses.»

Inmediatamente me negué a admitir el significado real de aquel arrebato de furia. Necesitaba tiempo y aliento.

«No pienses.»

—Van a matarle, está decidido —anunció Nicodemo.

El salón donde nos encontrábamos se abría a un jardín ordenado desde el que llegaba el gorgoteo de alguna fuente. Agua, agua por fin. Mi adolescencia romana había transcurrido en palacios muy similares a aquel. Asomado a la noche vegetal, nuestro anfitrión hablaba de espaldas a nosotras.

«Piensa.»

Si entras en un lugar sagrado para un pueblo entero, históricamente sagrado, si decides hacerlo en el momento de su mayor celebración, si una vez dentro y seguido de miles de incondicionales eliges la mayor afrenta posible y la llevas a cabo, si haces todo eso, solo un cretino puede creer que tal acto responde a un arrebato. Esto me repetía mientras Nicodemo narraba el escándalo que el Nazareno había protagonizado con los mercaderes del Templo.

Le maldije. No tuvo bastante con su presencia. Claro que no, necesitaba más. No le resultó suficiente haber hecho de sí mismo un ultraje y, ya conseguido, imponer su presencia, convertirla en el centro de la fiesta de los ultrajados. En el corazón de su acto latía lo que yo me negaba a admitir, pero lo sabía. El relato que escuchaba de boca de Nicodemo no se me aparecía como una revelación, porque una revelación se impone, golpea y una no puede evitarla. Era otra cosa. Todo esto lo pienso ahora. A medida que él narraba cómo el Nazareno había entrado al Templo, insultado su funcionamiento, sus mecanismos de celebración, y atacado a las gentes que allí comerciaban, fui cerrándome a entenderlo.

«No pienses.»

Cerrándome a admitir que tenía que haberlo previsto, que a esas alturas no podía ignorarlo.

«No pienses.»

Ante sus penosos pormenores acerca del ataque a los mercaderes y la ira contra sus gentes, entendí que aquel hombre justo había decidido creer en la pureza de dicho proceder, semejante actuación teatral. Sigo pensando que las razones de Nicodemo respondían a su falta de cinismo. No se puede ser poderoso sin cinismo. Acabas convirtiendo cualquier gesto contra la indecencia en una columna a la que agarrarte cuando, sea quien sea el ejecutor, se borre de la faz de la tierra a los impuros.

Le pregunté por los hombres del Nazareno, dónde estaban, cómo habían reaccionado. Más allá, María y Salomé recuperaban ya sus dulzuras en un sueño desmadejado.

—Se ordenó la persecución. Hubo una desbandada.

—¿Quién permaneció?

Me miró y ahí al fondo había un mutuo entendimiento. ¿Cómo iba él a saberlo? Nicodemo y yo estábamos en lo mismo. Apenas aquel fariseo y yo.

—Creo que nos pilló a todos por sorpresa. —Lo tomé como la disculpa pertinente—. Me informaron más tarde de que habían abandonado Jerusalén.

La sorpresa, claro, la sorpresa que provoca toda desproporción. El ataque a los cambistas del Templo había sido un movimiento desproporcionado, innecesario, inconcebible, inexplicable. No para mí. Ignoro qué más dijimos a medida que se acercaba el alba. Nicodemo debía de pensar, para entenderlo, que cualquier acto contra la indecencia exige su exceso. Sí, los gestos contra la corrupción deben ser necesariamente ostentosos, visibles, para lograr su fin. Algo como multiplicar el pan y el pescado.

Clareaba cuando salí al jardín.

«No pienses.»

Fueron la luz y el agua.

«No pienses.»

Aquel ataque del Nazareno no tenía nada que ver con plantar cara a la Ley, por la razón que sea. Ni siquiera con una lucha, por venganza, ni siquiera por alimentar el ego.

«No pienses.»

¿Por qué había dado yo por hecho que toda aquella batalla terminaba con la irrupción en la Pascua de Jerusalén? Podría deberse al trajín de los días anteriores, a la posibilidad de una victoria, a la idea infantil de que un solo gesto puede modificar, o podría deberse incluso a esa forma de avanzar a ciegas apoyada en la construcción de otro, a lomos de otro. Sabía que él era el único que conocía el trazado de la ruta y su término, pero no me había hecho la pregunta necesaria, imprescindible: ¿Hasta dónde?

«No pienses.»

Cuando te enfrentas a un ser humano cuyo brillo, y dicho brillo emana de algún tipo de inteligencia, desnuda el orden establecido, al seguirle no puedes esperar que construya un orden mejor. He tardado varias vidas, he tardado hasta ahora mismo en enunciar lo que acabo de escribir. Aquel que cuestiona un orden, que lo desnuda utilizando su propia existencia, no construye otro. No puede. Porque no hay orden en él.

«¡Piensa!»

Me volví hacia Nicodemo.

—¡Va a inmolarse!

El augusto anciano parecía la pintura de un dios retirado.

—¡¡¡El Nazareno va a inmolarse!!!

38

Azuzar a las bestias para conducirlas hasta ese punto en el que las bestias ya solo pueden despedazar.

Inmolarse.

De eso se trataba. Haber antes forjado concienzudamente el hierro con el que has de azuzarlas. Ahí estaba la respuesta a la pregunta que yo había eludido, no sé si por ignorancia o por interés. Esa disyuntiva resulta irrelevante hasta tal punto que ni resto conserva mi memoria.

Al comprender lo que pretendía mi Nazareno, ¡entregar su vida!, al aceptarlo por fin, eché a correr como si pudiera encontrar alguna huella de lo que éramos hasta hacía un par de jornadas. Ya no éramos. Nada parecía haber existido. Abandoné la casa de mi anfitrión y enfrenté la cuesta hacia la ciudad, sentí que ya no había abrigo, caí por primera vez y me herí las rodillas, me crucé con hombres que conducían carretas, topé contra la muralla que cercaba un mundo, apoyé en ella las manos, respiré, respiré, respiré, con la derecha sobre la piedra seguí corriendo pegada a su trazado, choqué con la muchedumbre, caí por segunda vez y algo se quebró en el golpe, braceé entre una multitud que no se abría, grité, golpeé cuerpos y carnes, grité, recibí golpes. Di la vuelta. Cuando poco después, ¿qué es poco?, volví a entrar en casa de Nicodemo, me estaba esperando.

—Cuentas solo conmigo y con otro miembro del Sanedrín, José de Arimatea.

Ni pregunté por aquel desconocido. Jadeaba.

—Necesito a las mujeres —respondí.

El Gigante había partido en busca de Ana y las doctoras, instaladas en algún lugar de Betania.

—Temo que José y yo solos no podemos impedir lo que va a suceder —admitió el fariseo.

—Claro que no. —Seguía jadeando con las manos en las rodillas—. Ni vosotros ni nadie puede, porque así está minuciosamente preparado y ejecutado desde hace demasiado tiempo. Lo que ha de ocurrir, ocurrirá —respondí sin claudicación—, pero a cada hecho sucede otro. Nosotros somos lo que sucederá.

—El prefecto de Roma se resiste a entregarlo.

Roma, claro. Hasta ese momento no había pensado en Roma. Pilato era solo la pieza de Tiberio colocada en el peor lugar y momento del territorio y el tiempo. Había que ser un resto de los restos para que te situaran al frente de Judea. Me atizó el brillo fatuo de una posibilidad y pedí a Nicodemo que me hiciera traer el atavío necesario para presentarme ante aquellos pobres romanos castigados con el gobierno de aquella tierra.

Me recibió la esposa del prefecto Poncio Pilato, Claudia Prócula.

Con qué sorprendente facilidad volví a calzarme una vida anterior. Pero ya no era solo esa Magdalena de Roma. Toda vida permanece en algún estrato de nosotros mismos, basta buscar y pulsar el estímulo adecuado para hacerla emerger. Como la seda. Fue suficiente el contacto de la ropa interior con mi piel para recuperar un tiempo en el que la vida había consistido en dejar que los placeres pasaran por mi cuerpo. La seda interior y, sobre ella, más seda en la túnica. Sentí que la nostalgia embarraba lo que estaba viviendo en ese momento y lo envilecía. ¿Para qué tanto barro, tanta miseria, para qué imponerme la sangre? Al abrochar sobre los hombros el ropaje, ya estaba lejos de ese lugar en el que me encontraba, y sobre todo estaba en otro tiempo. En un solo instante conviven muchos tiempos.

Tras quedar huérfana, las doctoras me enviaron a la capital del Imperio, pero al hacerlo no repararon en el estatus de las familias con las que mi padre trataba. Veníamos de las gentes del mar, cuya fortuna nunca se profana con ostentación. A esa edad, sin embargo, tardamos poco en aceptar costumbres y amoldarnos. Pasé una vida, esa vida romana, aprendiendo el placer de la seda sobre la piel, la frescura del hilo para el descanso, la diferencia que media entre el vino y beber. Ante Claudia Prócula no me ceñí la ropa en la cintura ni adorné mi cuerpo con tiaras o broches. No lo había hecho en Roma porque sobre la juventud cualquier ornamento resulta redundante, ni lo hice entonces porque la autoridad no debe decorarse.

Mi juego estaba armado sobre una construcción de caras y vidas y muertes ante la que a la esposa del prefecto solo le quedaba temblar.

—Ignoro vuestra situación ante Roma —le espeté sin rodeos—, pero el ajusticiamiento del Nazareno acabará conduciéndoos al destierro y a una muerte triste sin sueños.

—Conoces...

—Sí, conozco a Tiberio, y conocí a Livia, su madre. —Era una mentira aunque no completa, pero abrumar su ignorancia con más habría resultado crueldad—. Este es un lugar al que no perteneces, como yo no pertenecía a Roma. La diferencia es que tú aquí, en Jerusalén, nunca dejarás de ser una extranjera, una mujer sin nadie. Tú jamás serás judía y yo sí fui romana. La diferencia es que yo conocí a Livia.

La belleza de la mujer agonizaba bajo una capa de resignación, la que sucede al hastío. Me pregunté para quién se había vestido aquel día, para qué. Su atuendo lucía tan impecable como sus afeites, y sin embargo era seguro que aquel día no iba a encontrarse con nadie más allá del servicio de palacio y su esposo. Fue consciente de lo que estaba pensando, no parecía un ser de inteligencia corta.

—¿Qué vienes a pedirme?

—Solo recuérdale a tu marido que los judíos no tienen potestad en este territorio para condenar a la muerte.

No me quedaba mucho tiempo, pero podría haberme tumbado allí. Su desamparo era apenas mayor que el mío, lo que me impelía a consolar y dar cobijo a esa mujer con la que compartía un dolor. Pensé que algo nos unía y en la posibilidad de no volver al barro y la sangre, conservar la seda sobre la piel, recostarme junto a ella y dejar que los días se sucedieran como las cuentas de un adorno que da vueltas. Entonces ocurrió algo inesperado. Avanzó despacio hacia mí. Poco antes de rozarme con su aliento me pidió que la abrazara. Lo hice y así permanecimos largo rato.

—Estoy sola —musitó a mi oído.

—Cada cual sabe qué precio paga por lo que desea —le contesté sin desasirme.

E, insisto, habría permanecido allí.

39

Parecían una recua de bueyes. Salomé había sabido por sus hijos de la cena a la que nos convocaba el Nazareno. Solo aquella panda de simples podía ignorar que se trataba de una despedida y nada iba a impedir su conclusión fatal. Los zelotes habrían podido inmiscuirse en la condena de Caifás y el Sanedrín, al menos hasta cierto punto, pero ellos, más que ningún otro, deseaban su castigo.

Esta es una historia, como todas, jalonada de idiotas.

Al enfrentar a los bueyes del Nazareno, recordé la escena vivida en casa del prefecto Pilato y mi tentación de renunciar a todo para permanecer en sedas junto a su mujer. ¿Qué tenía yo que ver con aquellos hombres? Vivir exige tal esfuerzo que una se pregunta cada cierto tiempo si vivir vale la pena. Una y otra vez te lo preguntas, una vida tras otra. Sin embargo, ellos iban ocupando la sala como quien detrás de un paso da el siguiente convencido de que en eso consisten los días. Junto a mí, María, Salomé y Ana, recién llegada, dejaban que las cosas sucedieran. Bastaba observar el comportamiento masculino para reconocer nuestro papel. María era la madre del Nazareno, y Salomé, la madre de Juan y Santiago. ¿Estaban a punto de cumplir una función en representación de otros o era la suya propia? No me lo pregunté entonces, ¿cómo iba a hacerlo? Todavía ahora no tengo respuesta. ¡Yo! Ellas eran madres. Ser madre o no serlo, gestar o no gestar, modifica radicalmente tu mirada sobre las cosas, tu papel.

Fue Simón Pedro quien se arrogó la disposición de los comensales. Contemplado desde una esquina, su proceder dibujaba ante nosotras una tara imprecisa. Como algunos animales orinan su territorio, así vedaba ese hombre nuestra participación, y lamenté que los hijos de Salomé no rompieran aquel burdo cerco. En cualquier caso, ya todo estaba hecho. No tenían ni idea de aquello en lo que participaban. Nosotras habíamos asumido la función de red, de sostén, de resistencia. Allí estaríamos, como acostumbrábamos, cuando ellos fallaran.

—¿Están las doctoras en casa de Nicodemo? —susurré al oído de Ana.

—Están en casa de un hombre llamado José de Arimatea —respondió, y entendí que ella se ocupaba de algunas cosas.

El Nazareno tardó algo en aparecer, pero el que llegó ya era otro. Sus hombres le recibieron con alborozo y, al ver que no les correspondía, optaron por no reparar en ello y repartirse la celebración. Él sabía de la entrevista de Judas con Caifás, el sumo sacerdote. Él ya lo sabía todo porque era obra suya. Esa pesadumbre que le cubría podía proceder de la idiotez de sus bueyes, pero hoy considero más probable que en su interior se revolviera la idea de estar equivocándose. La euforia del éxito, llegado el punto en el que reconoces haber apostado la vida en ello, abre un pozo sin fondo por el que puede sumirse todo logro. La sima. Eso es. Al sentarse a la mesa, me miró a los ojos y vi la sima. Profundamente a los ojos y profunda la sima. En cualquier otra ocasión, no habría permitido que las mujeres permaneciéramos aparte. Entendí que se trataba de no obligarnos a participar de lo que iba a suceder: una vergüenza, el retrato putrefacto de aquellos que se hacían llamar sus discípulos, algo que muy poco después sería manifiesto.

Recuerdo cómo horas después aquella reata de bueyes se hizo humo y nada, malditos, cómo cuando llegó el final le abandonaron, renegaron de él, y cómo durante tanto tiempo he tratado de olvidarlo repitiéndome que no merecía la pena. Sin embargo, ahora veo el modo en el que sus mugidos y los de sus iguales, los cobardes y los ignorantes, se apresuran a suplantar por pueblos y ciudades la voz de aquel a quien abandonaron, y en ese suplantarlo medran.

Aquella noche los gestos de mi amado eran escuetos y hacia dentro. Le había visto compartir alimentos en todo tipo de lugares y con toda clase de gentes de forma jocosa y siempre festiva, su forma de reír y contagiar la risa. Ahí, justo ahí se levantaba una de las columnas sobre las que habíamos construido todo, en el alimento. Sembrar el alimento, hacerlo crecer, compartir y repartirlo, celebrar el alimento. El alimento como representación de sí mismo, nuestra representación. Además, a eso y no a otra cosa se había dedicado desde siempre mi familia.

Cuando en aquella cena última dijo «comed y bebed» ninguno de ellos cayó en la cuenta de que su invitación habitual era «comamos y bebamos». Ser fugitivos les parecía motivo de celebración, corrían el vino y las risas. Una mujer de la casa apareció con viandas básicas. Se movía con ánimo de festejo pascual e iba depositando las fuentes sonrosada y risueña. En el patio central de la casa se habían dispuesto tres mesas. Ellos ocupaban la central. Nosotras permanecíamos en otra menor sin ánimo para comer. El cansancio me palpitaba en las sienes. Otras mujeres compartían con algunos hombres, me pareció que anfitriones, un tercer lugar algo más apartado.

El Nazareno estaba con nosotras, sentado en aquella mesa central pero con nosotras. Nadie parecía echarle de menos. Habían tenido que huir perseguidos por la autoridad del Templo y les parecía algo que celebrar, un alarde de agudeza, como las criaturas bobas ríen sus propias travesuras. Sí, eso, como travesuras. Simón Pedro se incorporó y alzó la copa a la salud de Caifás.

—¡Que nos busque entre la muchedumbre! —reía derramando el vino.

Otros acompañaron su gesto. También Juan y Santiago de Zebedeo. Solo entonces me pregunté por Leví, no sabía nada de él desde nuestra entrada en Jerusalén. Me distrajo el pesar en los ojos de Salomé. María y ella, como el día en el que nos encontramos por primera vez y que en ese momento parecía de la historia de otras, eran conscientes, brutal y sencillamente conscientes de lo que estaba a punto de pasar.

Acabada la cena e inflamados los ánimos de sus compañeros en simpleza y vino, el Nazareno se vio en la necesidad de repetir que iban a matarle, que esa y no otra era la razón por la que nos había convocado. Iban a matarle. ¡A matarle, idiotas, iban a matarle! Simón Pedro se volvió a incorporar entonces para declarar a voces ante los presentes que él nunca se apartaría de su lado o alguna majadería semejante. Decidí que ya era suficiente. Me levanté y sin aspavientos fui a colocarme detrás del Nazareno.

—Tu decisión es incuestionable, lo sé, pero la mía también —le dije apoyando los labios sobre su cabeza—. Yo no financio sacrificios.

40

Contemplar la soledad de un hombre te obliga a mirar tu propio desamparo. Ah, pero para eso es necesario contemplar la soledad de un hombre, algo que no depende de ese hombre sino de tu capacidad para mirar.

Solo tres de sus seguidores nos acompañaron al acabar la cena. El Nazareno abandonó la casa sin ceremonia y caminó largamente hasta un retiro habitual en la falda del monte de los Olivos. Pidió a algunos de sus hombres que le acompañaran. Ocho almas le seguíamos: María, Simón Pedro, Juan y Santiago de Zebedeo y su madre Salomé, Ana, el Gigante y yo. El resto de sus incondicionales desapareció hasta mucho después del final.

Al llegar, sus acólitos se recostaron contra los troncos de algunos olivos próximos. Lo que parecía gesto de respeto hacia la intimidad de su maestro era en realidad un abandonarse al cansancio y la embriaguez. Siguió andando hasta convertirse en una lejana mancha confundida con el paisaje de la noche. Volví a acercarme, me acuclillé ante él, sentado, y nos permitimos un abrazo que era el de otros.

—No dejaré que venzas a aquel que conozco —mascullé al rechazar aquel gesto frío. Estaba furiosa.

Colocó las manos sobre mis hombros y me empujó contra la tierra sembrada de guijarros. No era un abrazo sino la fiereza de la soledad, de la necesidad de escapar. Intentaba cubrir la muerte con el sexo. Feroz la soledad. Feroz la necesidad de escapar. Feroz la exigencia de cubrir la violencia de la muerte, siempre contra la muerte, el sexo. Decidía abrazar la vida sobre la marcha, bestialmente, sin pensarlo, abrazar una vida que estaba entregando, eso creo, a mordiscos. Contra mí, a mordiscos. Grité en silencio y contra Dios rodando por rocas y maderas. Aquella no era nuestra habitual conversación entre dos cuerpos, sino el gemido agónico de un hombre que penetra en otro cuerpo su vida habiéndola perdido de antemano. Aquello no era una oración sino su contrario. La bestialidad de un hombre sobre mi cuerpo. Su bestialidad de macho.

Aun así, presté mi cuerpo al suyo y no lloramos.

Más allá, los tres hombres dormían. De vuelta, frené el gesto de Salomé para despertar a sus hijos. María representaba, a su lado, esa forma suya de habitar la tierra incomprensible para mí. Nada de lo que me rodeaba parecía tener que ver conmigo. Solo Ana y el Gigante, que permanecían atentos desde lejos, me recordaban que quedaba espacio contra el desamparo.

Cuando llegaron para apresar al Nazareno, la violencia despertó los cuerpos. Simón Pedro y Santiago respondieron con gestos de batalla como si hubieran participado de aquella soledad abismal.

Pobres, pobres ignorantes.

Entre nosotras, ni siquiera el Gigante respondió a esa turba insuficiente encabezada por un grupo de zelotes. Los salvajes por el territorio sirviendo a los salvajes por el poder. Se acercaron a voces, armados. Lamento que Simón Pedro y Santiago de Zebedeo abandonaran su sopor para justificar con violencia la violencia de los otros. El Nazareno se levantó allá en la sombra y observó la escena desde un lugar al que ni siquiera yo podía ya acceder.

Ahora, pasado tanto tiempo, me van llegando relatos sobre aquel momento, escritos, basuras. Allí, al pie del monte, junto al Nazareno, antes de que llegaran a llevárselo, solo estábamos presentes María, Salomé, el Gigante y yo misma. Sus tres amigos rebuznaban panza arriba. El camino de ese hombre desde la cena hasta recogerse en el monte fue el de un alma sola que había suplicado sostén a sus compañeros, su familia, y no lo había recibido. Después y hasta su prendimiento, durante un tiempo insoportable, ya encarnaba un interrogante de piedra. Pude, pudimos contemplar cómo iba enrocándosele el cuerpo sin respuestas.

María, inmóvil, no apartó la mirada. Yo tampoco, pero lloré, entonces sí lloré. La feroz desolación que acababa de verterme en el cuerpo retrataba mi propio desamparo y me dejé arrastrar por una melancolía que apenas duró un instante. En cuanto desaparecieron los esbirros de Caifás, salté, alcé a María y se me desató la furia.

—Esto no es necesario —grité enfrentando su rostro—. No es necesario y no será.

Emprendimos el camino hacia Jerusalén. Llegada a ese punto, sucumbí al agotamiento de tantas horas sin descanso y el Gigante, mi morada, cargó mi cuerpo sobre sus hombros. Debí de quedarme dormida sobre su cabeza, porque cuando desperté yacía ya en casa de Nicodemo.

41

Hoy he amanecido en mi lecho confusa y desorientada, sin recordar cómo había llegado. Mis viejos huesos parecen astillas. La joven junto a mí ha salido un instante y en nada tenía alrededor un aliento de mujeres atentas. Parece que al anochecer de hace un par de días no regresé de mi paseo campestre. Alertadas, algunas muchachas salieron a buscarme y encontraron mi cuerpo inanimado en un ribazo. No pienso dedicarle mayor atención.

Al fin se han ido retirando y puedo sentarme un momento a dejar registro de mi intranquilidad.

Arranqué esta narración sin ser consciente de cuánto tiempo o energía me llevaría. Ahora temo que mi vida concluya antes que mi empeño. Ya no volveré a salir sin la compañía del Gigante, aquí a mi lado, que últimamente había respetado mi exigencia de soledad. Una vez más me he dado cuenta de que no recuerdo cómo se llaman las muchachas con las que comparto la casa. Conservo algunos nombres y veo a unas mujeres, pero no consigo enlazar los unos con las otras. No me importa, si es que antes de este molesto accidente aún lo hacía.

Siento la necesidad de anticipar que finalmente venció la vida, que la muerte no pudo con nuestra batalla. Me dispongo a seguir atendiendo a los detalles de lo sucedido, uno detrás de otro. Pero si algo ocurriese, hago saber que lo narrado por Pablo de Tarso y el resto de supuestos concurrentes, todos los falaces testimonios de los miserables que, sin haber acompañado al Nazareno, se alimentan de él, no son sino patrañas.

Idiotas, ¡idiotas!

Yo ya he optado sin reservas por lanzar un relato al futuro de la misma forma que otros lanzan una estirpe. Es más, prefiero esta conquista a la de un territorio, sea nación o cuerpo. Yo elegí, nosotras elegimos, no engendrar.

Me siento débil y eso debería enfurecerme, pero ya no tengo ánimo. ¿Cuánto tiempo llevo inclinada sobre este escritorio? Contemplando las muchachas a mi alrededor, hoy he sentido el impulso glorioso de celebrar mi edad, las vidas que he ido acumulando, la memoria que acaba ocupando el vacío del burdo, primitivo, básico instinto de seducir. Insisto, no hay tiempo. Si acabada la escritura de este testimonio queda en mí un resto de aliento, saldré sola, apenas cubierta, a celebrar el campo y nuestra victoria sobre la muerte. Creo merecer la intimidad que une mi cuerpo con la tierra, esa forma gozosa de soledad que precede y acompaña el final.

42

Siempre supe que Simón Pedro era una alimaña. Más tarde Nicodemo habría de contarme cómo transcurrió la sesión aquella mañana ante el Sanedrín del cual formaba parte, pero yo había presenciado lo sucedido en el patio. La pesadumbre del anciano ante lo ocurrido no hizo mella en mí. Los sacerdotes del Templo habían decidido asesinar al Nazareno y nada les detendría, mucho menos el propio condenado, idiota resuelto a entregar su vida para engendrar un mensaje que trascendiera. Y ninguno de sus seguidores le acompañaría. Idiota uno, miserable el resto.

Al amanecer ya me encontraba a las puertas. Vi entrar al sumo sacerdote Caifás acompañado del viejo Anás, su suegro y predecesor en el cargo. También pasó sin percatarse de mi presencia el propio Nicodemo, pero yo estaba demasiado pendiente de otros hombres como para prestar atención a los sacerdotes. Me había colocado en la entrada del patio, justo en el quicio. Dentro, una multitud de hombres sentados inquietos por lo que iba a ocurrir tapizaba el suelo. A mi espalda, la espesa marcha mostrenca de los peregrinos me embestía una y otra vez, tiraba de mí como la lengua espesa de un dios tripero. Algunos rozaban mi cuerpo, pasaban la mano por mi cadera, trataban de alcanzar uno de mis pechos. Nada impediría que siguiera allí tallada en piedra, nada. En un momento, un hombre maloliente llegó a zarandearme y agarró mi cabeza para darle la vuelta y enfrentar mi rostro. Trataba de lamerme la cara cuando noté cómo, desde allá cerca, el Gigante apartaba los cuerpos y levantaba a aquel desgraciado en vilo quién sabe hacia dónde y con qué consecuencias. A aquella hora ya cundía el nauseabundo olor que despiden el pelo y la piel de los hombres tras jornadas sin agua ni cobijo. El agua, mi mar.

No me costó localizar entre la concurrencia a Simón Pedro y a mi querido Leví, quien tras cruzarse con mi mirada fingió no haberme visto.

Tras la agresión, el Gigante se situó a mi lado, negarme habría resultado inútil. Su presencia no pasó desapercibida para los que aguardaban en el patio. Un hombre a quien yo había visto en alguna reunión con el Nazareno se levantó del suelo y nos señaló de la misma manera que había sucedido en aquella callejuela un par de días antes. Muchos otros respondieron a su gesto con imprecaciones, pero ninguno dio un paso. Imagino que una mujer y un extraño ser descomunal no les parecieron presa digna. Aquel mismo hombre dirigió acto seguido su ataque hacia Simón Pedro. Hasta entonces no había caído en la cuenta de qué se trataba. Aquellos no eran fariseos ni escribas ni siquiera peregrinos. Eran zelotes, y tenían sed. La sed de los zelotes por la tierra es insaciable. Ni toda la sangre del mundo es suficiente.

—Ese hombre pertenece a la banda del traidor —gritó.

Sentí la tensión del Gigante en mi costado. Él, como yo, detestaba a Simón Pedro, pero no dejaba de ser uno de los nuestros. Le di la mano porque pensé que de la misma manera que la muchedumbre no había arremetido contra nosotros, tampoco lo haría contra él. Entonces sucedió. Simón Pedro se puso en pie y encaró al zelote. Por un momento creí que se iba a desatar un combate. Ay, todavía no había acabado de admitirme lo evidente. Una sabe las cosas que duelen, pero tarda en enunciarlas, no lo hace hasta que ya no puede negar la evidencia.

—Yo no conozco a ese hombre —respondió alzado el miserable.

—¡Mientes! Te he visto junto a él muchas veces —le gritó aquel cuyo rostro me era familiar.

Busqué con la vista a Leví. Sentado algunos metros más allá, permanecía con la cabeza baja, absorto en sus propios pies.

—Juro que yo jamás he estado al lado del traidor —insistió a gritos Simón Pedro, hablando ya a la multitud.

«Murciélagos, murciélagos, murciélagos —pensé—, cubra tu noche una turba negra de murciélagos y te arrastren al abismo por el que te despeñes.»

En el patio cundía el silencio sin agresividad de quien asiste a una representación. Estaban distraídos tras varias horas de espera, pero el asunto se apagó tan rápidamente como había prendido. El aspecto de sus hombres, como el del propio Nazareno, no se diferenciaba en nada del de los ciudadanos pobres de Galilea. «Qué barbaridad —pensé—, qué horror, estará completamente solo», y apreté con fuerza la mano de mi compañero. Mientras tanto en el interior, según me relató Nicodemo, los setenta hombres del Sanedrín se dedicaron a confirmar una condena a muerte sin fisuras enunciando simplezas.

La tarde llamaba a retirarse cuando sacaron al Nazareno. Al escribir esto nada me gustaría más que dominar el arte de la pintura. Los presentes, una masa informe parduzca y homogénea, se iban levantando y se apartaban abriendo un camino serpenteante por el que la comitiva de sacerdotes deslizaba el trazo colorido de sus tocados y ropajes sobre ropajes, bordados sobre bordados. Ese camino se dividía como cuentan que hicieron las aguas del mar ante Moisés, pero no era agua lo que iba dibujando el sendero, sino lodo. Dieron por hecho, y yo también, que tal opulencia arrastraba en su centro oculto al reo. La simple posibilidad de que así fuera desató imprecaciones, insultos y exigencias de muerte. Pasaron ante mí sin que pudiera distinguirlo.

Caminaron despacio, ampulosamente, hacia el pretorio, donde los esperaba Pilato. Yo corrí tras la estela que iba abriendo el Gigante entre la masa.

No miré atrás. Siempre supe que Simón Pedro era una alimaña.

43

Fue la propia Claudia Prócula quien salió a recibirme. Por supuesto, mi atuendo de sedas y romanas ficciones había desaparecido. Sudaba.

—Sé quién eres —me dijo.

—Eso ya no importa —respondí jadeando, y al hacerlo cualquier duda sobre permanecer junto a ella se había disipado—. Vienen hacia aquí. Lo traen. Solo tu esposo puede ordenar su pena de muerte. Solo tu esposo. Ellos no pueden.

La mujer me tomó de la mano y tiró de mí hasta una galería superior que recorría el espacio donde se iban a encontrar Pilato y los sacerdotes. Noté que su mano estaba fría y seca y no la solté. Ella tampoco. Podría definir lo que contemplamos desde ahí como el mayor ejercicio de vileza jamás imaginado. Pero ¿qué se podía esperar de aquel montón de parásitos cuya afectación descansaba en su potestad para decidir sobre la vida y la muerte de los hombres, para ordenar la violencia?

Preguntado el Nazareno por el prefecto romano sobre su magisterio, respondió que nada tenía que ver con aquellos que lo custodiaban.

Los sacerdotes se revolvieron a voces. Caifás y Anás enfrentaron a Pilato con la mirada hecha advertencia.

Preguntado el Nazareno por el prefecto romano sobre su voluntad de actuar contra Roma, respondió que nada tenía que ver con aquellos que lo custodiaban.

Los sacerdotes se revolvieron a voces. Caifás y Anás enfrentaron a Pilato con la mirada hecha advertencia.

Preguntado el Nazareno por el prefecto romano sobre la posibilidad de encabezar una revuelta, respondió que nada tenía que ver con aquellos que lo custodiaban.

Los sacerdotes se revolvieron a voces. Caifás y Anás enfrentaron a Pilato con la mirada hecha advertencia.

Junto a mí, Claudia Prócula temblaba.

—He tenido un sueño —me susurró—. Anoche soñé todo esto y también lo que viene después.

—Baja y cuéntalo. —Yo sabía de los sueños y confiaba en ellos como confían los romanos.

La cara del viejo Anás se crispó ante la narración de la esposa de Pilato hasta tal punto que creí oír el crujido de su tez.

—Anoche soñé con este hombre. Era un santo. Había sangre, pájaros de sangre y nubes de sangre —miró a su esposo a los ojos—, y la sangre nos cubría a ti y a mí. Pagaremos con sangre por lo que estos judíos hacen y piden.

Muy poco tiempo después de aquel momento, Pilato y Claudia Prócula fueron desterrados por Roma. Al enterarme, recordé aquella advertencia mía cuando se lo predije, que en realidad fue solo una artimaña. No dudo de que la intervención de la mujer respondiera al hecho de habérme creído, pero no sirvió de nada. El prefecto no podía de ninguna manera oponerse a la decisión del viejo Anás y el resto de los sacerdotes, y aun así decidió en un último intento no enfrentarse a su esposa. Ordenó enviar al Nazareno ante Herodes, rey de Galilea. Al fin y al cabo, el Nazareno era galileo y Herodes se encontraba en Jerusalén aprovechando la Pascua judía para hacerse un hueco en aquellas tierras cuyo gobierno llevaba tiempo reclamando.

Antes, y para aplacar en parte la ira del Sanedrín, Pilato mandó azotarle. Entonces yo, que, incauta, creía haber presenciado el dolor, aprendí lo que es la tortura.

44

Cuando el Nazareno cruzó el pretorio romano para dirigirse hasta la pocilga de Herodes Antipas era un cuerpo destrozado ante cuya visión lloré, grité y solo el Gigante impidió que me lanzara contra los soldados que lo conducían. Pero ¡qué sabía yo de los destrozos que me quedaban por ver!

¿Por qué? ¿Por qué se prestó a aquello? ¿Por qué lo provocó?

En el final de mi vida puedo afirmar que jamás he sufrido sobre mi carne daño alguno digno de tal nombre infligido por ser humano, ni creo que llegada a este punto vaya a sufrirlo. Por eso, de la misma manera que he evitado explicar lo que conlleva el hecho de engendrar, no osaré describir la tortura sobre la carne propia. Sí lo que supone contemplarla en un cuerpo al que amas. No soy capaz de comprender qué lleva a un hombre a reventar la carne de otro, y una vez reventada, insistir en el tajo. Sacudir, esperar al morado florecer total del golpe, y volver a sacudir para reventarlo. Esta afirmación mía carece de toda retórica. Un hombre armado se enfrenta a otro desnudo e indefenso. Entonces, procede a golpearlo, rajarlo, fustigarlo mientras contempla cómo el dolor que causa quiebra no solo el cuerpo de su víctima, sino su ser sobre esta tierra convirtiéndolo en grito, súplica, mero organismo descontrolado en heces; y después retoma su azote, ya sobre la sangre y carne abiertas al más salvaje ejercicio de humillación. ¿Qué siente ese verdugo justo antes del instante en el que sabe que la inconsciencia sucederá a lo insoportable? ¿Qué le lleva a hacerlo? ¿Qué le impide parar? ¿Qué le empuja a seguir? Me voy a permitir ir más allá. ¿Qué razón lleva al otro, la víctima que va dejando de ser un hombre, a considerar que tal entrega al mal extremo puede reportar, a él o a cualquier otro, un beneficio?

Pues bien, ya tengo respuestas. Tras vivir todo lo sucedido desde entonces, debo admitir llegada a este día que la narración posterior de aquel tormento ha cumplido y cumple su cometido en el relato de los idiotas. Han levantado sus enseñanzas sobre la tortura y la muerte. ¡Qué espanto! Ahí, sí, ahí precisamente está la razón por la que me siento a relatar lo que solo yo, María Magdalena, pude contemplar desde el principio hasta el último momento. Contra ellos escribo, contra quienes necesitan la carne abierta, el sacrificio, la muerte y la cruz para construir la idea de un existir mejor, más digno. Qué horror, qué horror.

Apenas quedaba ya nadie cuando sacaron el cuerpo del Nazareno. Había anochecido y se sabe que la paciencia de las hienas tiene corto recorrido. Trastabillaba entre los soldados con la cabeza baja, todavía debo detenerme y dejar que me sacuda el llanto cuando recuerdo esa forma de colgar, ensangrentado, escasamente cubierto con restos de una túnica soldadesca. Trato de no hacerlo, de no recordarlo, impedir que mi mente recupere la escena. ¿Qué ganaría yo y para qué?, vuelvo a preguntarme. Ganaría, gano esto que escribo.

Eché a correr seguida del Gigante y por el camino vi a María y Salomé entre un grupo de hombres a los que no conocía.

Es la soledad.

Irrumpí en el palacio presa de tal enloquecimiento que ni los guardias pudieron frenarme. Allá al fondo, con la baba suspendida del belfo, cabeceaba Herodes Antipas. Antes de llegar a su asiento ya me había tirado al suelo.

—No le hagáis más daño —imploré tomando su manita minúscula, blanca, grasienta.

Abrió fatigosamente los párpados hinchados y me miró con una sorpresa regalada, cruel.

—Haré lo que quieras, lo que me ordenes —insistí con la esperanza de que conservara un resto de sobriedad—. Me entrego a ti.

Se trataba de una lucha contra el ejercicio del daño, contra el ensañamiento. Una vez comprendido que el Nazareno había dispuesto todo nuestro trabajo para inmolarse, que nos había utilizado y engañado y que yo era la única que permanecía, únicamente me quedaba evitar más dolor. No solo por él, por el dolor en sí mismo.

Estaba arrodillada ante aquel borrón porcino cuando lo entraron a rastras. Vi la transformación en el rostro de Herodes, cómo se incorporaba, aquel goce en su sonrisa que dejaba escapar un latido indudablemente sexual. Hasta tal punto conocía a esa bestia que predije la forma en la que extendería el brazo y levantaría la excrecencia de su dedo.

—¿Este es el que se hace llamar Rey de los judíos?

Los soldados de Pilato dejaron caer el cuerpo del Nazareno, que rebotó manchando el mármol de sangre.

—¿Tú, miserable, eres rey de los judíos? —preguntó sin levantarse, esta vez al cuerpo que yacía exánime a sus pies.

Miré al hombre por el que me había jugado la vida, mi fortuna, lo que era, y conseguí no descomponerme.

—Escúchame, Herodes —me miró—, quien mate a este profeta tendrá problemas para cualquier futuro en Roma. Sabes a qué me refiero.

—No, no lo sé —balbuceó—. Dímelo tú.

—Este profeta, y claro que lo sabes, mueve multitudes, cientos de miles le siguen ciegamente. Quien lo mate será el responsable de los levantamientos que se produzcan. No creo que hayas venido hasta la Pascua en Judea para meterte en este lío.

Contra todo pronóstico, pareció entender lo que le estaba diciendo.

—Este es un asunto que el prefecto Pilato ha derivado hacia ti —continué—, para no hacerse cargo él. Piénsalo bien. ¿Acaso crees que si le reportara algún beneficio te lo cedería?

—¡Azotadle y devolvédselo al prefecto!

A esas horas los soldados romanos no conservaban resto alguno de humanidad. Acabaron de desnudar el cuerpo del Nazareno y, a falta de sogas, lo ataron con espinos arrancados del jardín. Entre dos hombres rodearon con ramas erizadas su cuerpo. Uno de ellos vomitó al hacerlo, y antes de continuar bebió un trago de vino con tal ansia que se iba derramando desde la boca al suelo. Lo hacían rodar en el piso para conseguir cubrir de igual manera pecho, vientre y dorso. La carne de su espalda estaba hasta tal punto abierta por los azotes anteriores, que el espino desaparecía dentro en cuanto rozaba un tajo. Otros tres le ciñeron la cabeza, el sexo y las muñecas. Hecho eso, debieron decidir que el esfuerzo bien merecía un descanso en el que seguir bebiendo y abandonaron aquel amasijo de carne abierta.

Un grupo de sacerdotes, con Anás y Caifás a la cabeza, permanecía atento, lo que no impidió que el Gigante se pusiera en marcha. Era ya muy tarde, Herodes había regresado a su sopor y Pilato parecía la única salvación, magra salvación. Los judíos no podían ajusticiar al Nazareno según la Ley romana que imperaba en la región. Solo Pilato podía ordenar la pena de muerte, algo que hasta el momento parecía rechazar. Pero yo sabía lo que sucedería, nada se iba a oponer a la decisión del Nazareno.

El Gigante irrumpió entre los tambaleantes esbirros de Herodes como el mar decide hundir los barcos con una sola ola enorme y lenta. Tomó en sus brazos el cuerpo y cruzamos la noche de Jerusalén hasta el palacio de Pilato seguidos por un puñado de dómines, pocos. En nuestro camino solo quedaban los bultos de durmientes y ebrios que, arrebujados, acolchaban de mugre el recorrido de los muros. Al recordar entonces su modo de cargar los cuerpos de las muchachas que abandonaban a las puertas de casa me pareció otra vida. Lo era. ¿Podríamos haber hecho otra cosa?, me pregunto ahora. ¿Podríamos haber burlado al séquito de autoridades y hurtar aquel cuerpo hasta un lugar escondido? Creo que no, no en aquellas circunstancias. Era su decisión y un respeto previo nos lo impedía, o así lo veo ahora. No recuerdo en qué momento se unieron a nosotros, desde lejos, María, Salomé y algunos hombres. Uno de ellos se acercó y trató de arrancar el espino del cuerpo del Nazareno. El Gigante se lo impidió con un gesto arisco. Una vez clavadas en la carne, extraerlas volvía a ser tortura.

En mi memoria se confunden los días y las noches de aquel suplicio. Creo recordar que cuando llegamos de nuevo ante el lugar del prefecto Pilato estaba a punto de amanecer y que no nos esperaba. Lo que cargábamos desde la residencia de Herodes Antipas ya no era un hombre. Era otra cosa. Todos habíamos presenciado sacrificios animales menos crueles.

45

Tras dejar en casa del prefecto aquello que fue un cuerpo y antes había sido un hombre, nos pusimos en marcha. A nadie le extrañó que fuera una mujer quien se ocupara del moribundo. Varias veces caí en la tentación de preguntarme dónde estaban Leví, Juan, Santiago, Simón Pedro, Andrés. No resulta fácil aceptar que, ante la muerte, desaparece eso que llaman discípulos, leales seguidores, y solo quedan las mujeres.

La vida se puso en marcha.

Por supuesto, iban a condenar al Nazareno y a crucificarle. Nada cabía hacer al respecto. Cuáles acabarían siendo el proceso y las acusaciones exactas, cómo obligarían a Pilato a hacerlo y detalles semejantes eran solo eso, detalles. Cuando el Gigante y yo salimos, allí estaban Ana, María y Salomé. Junto a ellas, dos ancianos, Nicodemo y otro miembro del Sanedrín llamado José de Arimatea. El día ya había amanecido con un cielo encapotado en gris bajo el que se concentraba el hedor del sacrificio de los corderos, de la sangre y de los fanáticos. Como creo haber dejado escrito aquí en algún momento, jamás he vuelto a probar la carne.

—Hay que descansar, nuestra acción va a ser larga —dijo Nicodemo pasándome un brazo sobre los hombros—. Falta una jornada para la ejecución.

Miré al cielo, me zafé de su abrazo y agarré la mano de Ana. Nos dirigimos en esa ocasión a casa del prócer José de Arimatea, un palacete muy similar al de Nicodemo que volvió a recordarme a Roma y a una mujer por la que ya no guardaba ni un resto de añoranza.

Aquellos dos judíos destacados habían decidido intervenir con nosotras y ellos actuaron en el último momento.

La vida se puso en marcha.

No fueron sus discípulos, que ahora se arrogan la narración de lo que sucedió como si no hubieran huido, abandonado y traicionado al Nazareno. Relatan su muerte, la dejan por escrito, colocan en el centro de todo su mensaje el hecho de la crucifixión y aseguran que resucitó de entre los muertos. Yo los maldigo. Los maldigo por mentirosos, por usar la mentira para construir más mentira de la que sacar provecho y poder. Los maldigo por pervertir toda la construcción de un mensaje de vida, ¿qué vida?, y elegir la muerte para convencer a los incautos. Pero la muerte puede prender y prende a través de una ridícula idea de resurrección. Las gentes prefieren a alguien que venció a la tortura y la muerte porque saben que ellos, todos, van a morir. ¿Quién no querría vivir después de haber muerto? Ah, pero ahí mismo reside la necesidad de haber admitido antes la violencia y el asesinato, de obedecerlos.

Hoy, hoy mismo me han llegado más noticias sobre los escritos de Pablo de Tarso y las narraciones de Leví, entre otros. El primero es sencillamente un impostor cruel, representante de un mensaje inhumano, construye el mal; pero Leví, mi querido Leví, es el responsable de que yo haya acabado siendo la que soy. Él me empujó a formar parte, él me hablaba de la posibilidad de cambiar el estado de las cosas aludiendo, maldito, usando mi desespero por la herida en las mujeres. Me pregunto qué le ha sucedido, si se trata solo de lavar su mala conciencia a base de ser otro. ¿He participado yo en eso, hice de algunas de mis vidas lo mismo? Ser otra...

Ellos jamás lo supieron porque no estaban ahí, pero todo estaba planeado. Ana se había hecho cargo del dolor y la muerte. En eso confié desde que entendí cuáles eran las verdaderas intenciones del Nazareno sobre su propio final. Aquello concernía a Ana y las doctoras. Estaba decidido, además, que José de Arimatea prestaría su sepulcro, aquel que un día habrían de ocupar sus huesos, para albergar el cuerpo del crucificado.

Sabiendo todo aquello y consciente de que cada uno tenía su función, pude descansar por fin. Pensaba en la forma en la que habíamos multiplicado los panes y los peces, en cómo las doctoras sanaron a la ingrata hemorroísa, en nuestro papel en los sucesos considerados extraordinarios, milagrosos, que aún hoy corren de boca en boca incluso más allá de los límites del Imperio. Seguía agarrada a la mano de Ana. Hacía tanto tiempo que no nos tocábamos que ni siquiera tuve que pedirle que descansara a mi lado. Soñé que se desataba una tormenta y los pájaros de sangre mencionados por la esposa de Pilato caían sobre las barcas de mi mar de Galilea. Entonces, algunos pescadores y yo misma apartábamos con las manos los restos de sus cuerpecillos, empujándolos hacia el agua. En mi sueño, durante aquel barrido, el olor de las tripas de los pescados me hacía llorar de felicidad.

46

No me está haciendo bien todo lo escrito últimamente aquí. Puedo narrar los hechos sin permitir que las escenas vividas, las imágenes emerjan, sin verlas. No sé si se trata de una facultad adquirida con los años o de la capacidad innata del hombre para hacerlo. Esto último sería comprensible, incluso necesario para sobrevivir a tanta sangre como nos imponen los días. Puedo vetar las estampas del dolor, y sin embargo he decidido recuperarlas para hacerlas constar. No serán los soldados romanos, ni Pilato, ni los miembros del Sanedrín quienes lo hayan hecho, por supuesto, quienes hayan narrado. No serán los fieles del Nazareno, desaparecidos. ¿Quién, pues, podría hacerlo?

El Gigante y yo salimos a su encuentro en cuanto tuvimos noticia de que los soldados estaban dispuestos para conducirlo a la cruz. Tras un día de descanso en casa del de Arimatea, la mañana embestía sin sonido de abrigo. El gentío atestaba el camino, más porque llevaba allí varios días que por haber tenido noticia de lo que estaba sucediendo. A sus ojos se trataba sencillamente de un condenado a muerte, otro más. No la consideraban una escena cotidiana pero tampoco les resultaba extraña. En su mayoría eran peregrinos a los que la celebración final de la Pascua había sacado de su vagar tedioso y empezaban a excitarse. Gracias al Gigante conseguimos un puesto en el borde del sendero que los soldados habían abierto entre la muchedumbre para el paso.

Pudimos verle salir y avanzar cargando uno de los maderos sobre los que clavarían su cuerpo. A nuestro alrededor, algunos hombres, aquí y allá, empezaron a gritar. No costaba reconocerlos como zelotes, siempre la palabra «traidor» en su boca, la palabra «tierra», la palabra «sangre». Sin embargo, muchos otros, casi todos, al ver aquel despojo de carne cubierta de sangre seca sobre sangre fresca sobre sangre seca sobre sangre que apenas se tenía en pie, que una y otra vez avanzaba a rastras, volvían la cara o bajaban la mirada. Su reptar resultaba tan penoso que incluso las almas crueles guardaban silencio a su paso. Por eso, cuando el Gigante salió a su encuentro nadie, ni los soldados ni los asistentes, se lo impidió. De nuevo, como había hecho en el palacio de Herodes, alcanzó el cuerpo del Nazareno. Desató de sus brazos el madero que cargaba a la espalda y lo levantó del suelo. Creo que todos, incluidos los custodios, agradecimos que su acción aligerara en algo la marcha. Con el tronco bajo el brazo izquierdo, agarró al hombre con el derecho tomándolo bajo las axilas y siguió el camino marcado. Aquel cuerpo en el extremo más afilado del sufrimiento se dejaba arrastrar con los pies como dos colgajos de empeines desgarrados.

Fue la primera vez que vi llorar al Gigante, y la última. Gruesas gotas que podían parecer de sudor bajaban por sus mejillas, recorrían el cuello y se perdían en su pecho húmedo. Pero no era sudor, sino lágrimas, y yo lo sabía, lágrimas sin más gesto que el propio caer, sin aspaviento, lágrimas sin párpado.

El cielo, que llevaba toda la jornada anterior amenazando tormenta, fue ganando oscuridad a medida que avanzaban, y al llegar al monte de las ejecuciones ya todos los espectadores se habían retirado en busca de cobijo o hacia sus campamentos. Cuando alcanzamos el lugar del sacrificio, allí solo quedaban su madre, María, Salomé y Nicodemo. Me sorprendió ver que les acompañaba Juan de Zebedeo, hijo de Salomé, aquel que años después nos siguió hasta aquí, a Éfeso. Era apenas un niño. Su relación con el Nazareno era la de un hijo con su padre, o con un adulto al que seguir por fascinación.

—¿Dónde está Leví? —le pregunté.

—No sé. Estoy solo. —Sus ojos se abrían al espanto como los de las caballerías antes de reventar. Tiritaba.

¿Hay que ser carpintero para atinar a clavar una mano en la madera? ¿Es necesario ser un verdugo carpintero o basta con ser el verdugo que con el tiempo ha alcanzado dicha destreza? Hacen falta varios golpes sobre el clavo en la palma de la carne tumbada, pero el cuerpo se resiste a permanecer en el eje del madero, va deslizándose a un lado y al otro, y en cada deslizarse la tierra ruega que permanezca, que no lo levanten de nuevo, que lo entreguen a su amparo seco. María, acuclillada, permanecía absorta a unos metros de donde aquello estaba sucediendo. La miré solo un instante y no quise detenerme en su rostro siempre incomprensible.

Mi labor era la vida, no la muerte.

Mientras los verdugos amarraban el cuerpo a la madera central con una cuerda para que no se escurriera, José de Arimatea estaba ante Poncio Pilato. Su función consistía en convencer al prefecto para que le permitiera descolgar de la cruz el cadáver del Nazareno y darle sepultura en su propio sepulcro. Ese era su papel y lo consiguió. Supimos más tarde que no había necesitado insistirle mucho. El romano estaba convencido de que aquel ajusticiamiento acarrearía grandes desórdenes. Sin embargo, los alborotos, que en poco tiempo se convirtieron en una lucha enconada y sangrienta, no iban a llegar de parte de los discípulos del Nazareno. A quienes habíamos sido testigos del comportamiento de sus seguidores no nos cabía ninguna duda. Fueron los zelotes y sus sicarios quienes, viendo frustrados sus delirios de liberación, tierra y muerte, se lanzaron como fieras. Pero eso ya no nos concernía. Todo aquel que había seguido al Nazareno, cada cual con sus fantasías, se esfumó ante la condena y la crucifixión.

En mi caso, fue el Gigante quien permaneció allí junto a Juan, Nicodemo y las mujeres. Él, dos doctoras y un puñado de muchachas. Yo no estaba allí cuando alzaron la cruz ni presencié el sufrimiento de aquellos momentos. Mi papel era la vida y no ese alarde de muerte. Sí, pero si la entregas a un puñado de verdugos y esbirros, si desatiendes la muerte... La muerte, siempre caprichosa, exige atenciones, reverencia, apego.

47

Juan el de Zebedeo se acercó hasta el lugar del sepulcro entrada la tarde. Dentro, todo estaba preparado. Llegaba para avisarnos de que, tras alzar la cruz, con el paso de las horas ya solo permanecían allí tres soldados pendientes del final. La panza del cielo lucía hasta tal punto negra que parecía noche, pero aún no era noche. Ana y yo partimos en silencio, sin apresurarnos, seguidas por el muchacho.

Una vez allí, no levanté la vista, no enfrenté el rostro del Nazareno ni quise ver su cuerpo en carne viva. En algún lugar al que mi mirada no accedía, apenas una mancha detrás de mí, la sombra de las cruces dibujaba el trazo siniestro de la maldad. Si has optado por la vida no puedes detenerte en el mal ni mirarlo a la cara. El mal te absorbe, tira de ti hacia el lugar donde ya no eres humano y anula toda capacidad de respuesta. El mal fascina.

Ana se situó junto al Gigante y las mujeres, mientras, yo me acerqué a Nicodemo y José de Arimatea, a pocos pasos de la cruz. Un relámpago iluminó la roca donde ni rastrojos crecían y su trueno partió en dos el oscuro mármol del cielo. Abierta esa grieta, cayeron gruesos goterones de tormenta que pronto era una manta de agua. Entonces sí, entonces me volví a mirar cómo la lluvia, ¡agua al fin!, iba lavando y refrescando el que ya era a todas luces un cadáver. Junto a la suya se alzaban algunas cruces más, con otros tantos cuerpos colgando. Llevaba cinco horas crucificado.

José de Arimatea se dirigió hacia los tres soldados, que trataban en vano de cubrirse con sus escasas capas. Juan de Zebedeo y yo le seguimos.

—Tengo permiso para descolgar el cadáver y enterrarlo en mi propio sepulcro. —Extrajo un documento y lo desenrolló al amparo de su túnica para protegerlo del agua.

Los soldados miraban alternativamente a uno y otro sacerdotes del Templo. Eran judíos ricos, influyentes, miembros del Sanedrín, hombres ilustres con el máximo poder en la zona, intocables. Y sí, portaban la carta sellada por el prefecto Pilato con la orden de que se les permitiera descolgar el cuerpo y darle sepultura.

—Tenemos todo preparado —terció Nicodemo—, el sudario, la mirra, el aloe... No nos hagan perder el tiempo. Pronto el barro impedirá caminar por este suelo.

Los relámpagos abrían en blanco el cielo de tal modo que no se podía saber si ya era por fin noche, y parecían buscar el lugar donde nos encontrábamos. Sus estallidos estremecían los cuerpos.

—La tormenta no va a cesar y la tierra empezará a ceder en breve. —El de Arimatea se aproximó tanto a los soldados que habría podido envolverlos con sus túnicas bordadas, extravagantes allí. La presencia, los ropajes, el tocado, todo le hacía parecer más grande que los tres hombrecillos juntos—. Corremos el riesgo de que las cruces caigan si no actuamos rápidamente. Insisto en que tengo el permiso de Poncio Pilato, a quien no creo que le agrade su incumplimiento.

Ante la imponente presencia de los ancianos, y sobre todo frente aquel documento, los soldados titubearon y se retiraron a deliberar.

—Tenemos que estar presentes cuando desciendan el cuerpo —expresaron a su vuelta como si fuera una exigencia. Idiotas.

El agua, como era de esperar, empezó a bajar en forma de lodo desde el monte Calvario. Los ancianos bajaron la vista al suelo y los soldados los imitaron. Ya el caudal nos cubría por encima del tobillo.

—Hagan lo que tengan que hacer —terció Nicodemo—. Esto es un disparate. Por el Dios de Israel, bajemos ya esos cuerpos antes de que una corriente los arrastre hasta la muralla con las cruces a cuestas. Me temo que les costaría explicar tal espectáculo a sus autoridades. —Junto a él, el de Arimatea seguía mostrando el documento.

Me volví hacia donde esperaba el resto y a un gesto mío se acercaron Ana y Juan de Zebedeo seguidos del Gigante.

La vida se había puesto en marcha.

Con la ropa pegada al cuerpo y la lluvia contra la cara, los movimientos resultaban tan torpes que nuestro empeño parecía imposible hasta que el gigante se rasgó la túnica y su cuerpo apareció como el de un imponente dios de bronce determinado a enfrentar al rayo, capaz de hacerlo. Fue él quien tumbó la cruz en un par de embestidas y, con una suavidad de abrazo íntimo, la fue dejando caer apoyada en su cuerpo. Él desató las sogas que amarraban muñecas y tobillos a los maderos. Él desclavó manos y pies. Él tomó en brazos lo que quedaba del Nazareno y, como quien carga un maltrecho tesoro de cristal labrado, se acercó hasta el lugar donde su madre permanecía absorta. Al llegar frente a ella, se arrodilló. Recuerdo que luché contra mí misma, avancé un paso, lo desanduve, abracé mi propio cuerpo tratando de partirme las costillas con los brazos, romperme el corazón, volví a dar otro paso y, al intentar frenarme, vi que mis piernas funcionaban solas, sentí mis miembros saliendo disparados hacia él como si fueran de otra, eché a correr y, mientras su madre lo rozaba con aquella manita suya infantil y morosa, abracé sus piernas aún cubiertas de espino y me dejé llorar con el mismo caudal que vertía el cielo, hasta sangrar, con necesidad de hacerlo.

—Tenemos que darnos prisa. —La voz urgente de Ana rompió el drama—. No tenemos tiempo.

Alcanzamos el sepulcro como náufragos, braceando, resbalando, emergiendo de las profundidades del horror. Solo el Gigante, con el Nazareno en brazos, no trastabilló ni cayó al barro. Dentro, las doctoras lo tenían todo preparado. Cuando poco después llegaron los ancianos y los soldados, exigimos respeto para el embalsamamiento. Era cosa de mujeres. Permanecimos todas en aquel interior hasta bien entrada la noche. Al salir, la tormenta era ya solo un golpetear intermitente. Saludamos a los soldados, ateridos de frío, y el Gigante selló la entrada. Ana y una de las doctoras quedaron en la cueva con el cuerpo del crucificado, algo de lo que los guardias, tiritando contra un árbol más allá, no podrían haberse percatado.

En ese momento todos nosotros sabíamos que suyo, solo suyo y no nuestro, era el trabajo.

48

Les estaba esperando sentada sobre una roca cuando aparecieron. Sabía que vendrían. Hacía ya tres días que las doctoras se habían llevado el cuerpo del Nazareno y otros tres más que yo permanecía allí. Allí dormía, comía, aguardaba. No dejaba de pensar en mi mar, en el agua, despertaba envuelta en humedades maldiciendo aquella tierra seca sin saber qué había soñado. Se había corrido la voz de que el sepulcro estaba vacío. Varios representantes del Sanedrín visitaron el lugar y ninguno de ellos logró sacarme una palabra. Supe por Juan que se habían llevado a Nicodemo y a José de Arimatea. Poco podía importar una mujer frente a aquellos dos testigos. ¿Testigos de qué?

Simón Pedro avanzaba a la cabeza como si empujara atrás la tierra con los pies. Su rostro brillaba por efecto del sol, de la furia o por ambos. En cuanto le vi constaté que ya no significaba nada, que nada tenía que ver aquel hombre conmigo, esa forma de embestir exigiendo que se apartara el aire como los faltos de entendimiento espantan las moscas que no hay.

—¿Dónde está? —bramaba—. ¡Habla, mujer! ¿Dónde está?

Sin levantarme, extendí un brazo y señalé el sepulcro vacío. Altiva.

Se acercó hasta tenerme a mano. No tuve miedo. Me agarró los hombros con tal fuerza que noté el lugar en el que el brazo se une al cuerpo y pensé que podía abrir la juntura. Me alzó en vilo de una sacudida fiera. Los demás, que habían ido entrando en la gruta y merodeaban por la zona buscando quién sabe qué, acudieron apresuradamente. Yo me dejaba zarandear. No quería mostrar ningún sentimiento, no quería ser nadie ni nada para aquel hombre, ni siquiera un cuerpo al que hacer daño. Deseaba que sintiera su incapacidad. No era nadie.

Un par de hombres le obligaron a soltarme. Me dolían los hombros y el cuello, dañado en alguna de las sacudidas, pero mi rostro no acusó emoción ni dolor.

—Es evidente que no está —le dije enfrentando su mirada desde un lugar lejanísimo al que él nunca tendría acceso.

—Dime dónde os habéis llevado su cuerpo. —Simón Pedro masticaba cada palabra apretando los puños como piedras de lapidación.

—¿Ahora vienes a preguntar?

El discípulo llamado Andrés se acercó para dirigirse a mí.

—Él dijo que resucitaría. —Su rostro delataba esperanza y también una súplica de confirmación—. ¿Ha resucitado? Dinos, Magdalena, ¿ha resucitado?

—No le visteis morir, ni siquiera le acompañasteis en el tormento —respondí—. ¿Por qué os interesáis por la resurrección de quien para vosotros ni siquiera ha muerto?

—Dijo que resucitaría —insistió Andrés.

Otras voces se unieron a la suya afirmando haber oído lo mismo, que el Nazareno había predicho que le matarían y que después resucitaría. Asentían entre ellos mudando en esperanza el estupor.

—Si es así, ¿dónde está? —Simón Pedro volvió a enfrentarse a mí—. ¿Quieres hacernos creer que ha resucitado solo ante ti, ante una mujer, una vulgar prostituta?

—¡Cállate! —le espetó alguno desde atrás. Podría haber reconocido la voz de Leví, pero no hice el esfuerzo.

Necesitaba llamarme prostituta porque la palabra «mujer» no le parecía en ese momento insulto suficiente. No sentí ni lástima.

—El Nazareno está vivo, pero qué os importará eso a vosotros que huisteis como ratas cuando más os necesitaba. Está vivo, no importa cómo ni dónde, está vivo porque su palabra permanece y permanecerá en el alma de aquellos que vieron su vida transformada al escucharle. Entrasteis con él en Jerusalén celebrando una victoria que no comprendíais, ¿qué vais a comprender vosotros?, repartiendo unas bendiciones de las que no erais dignos. Sois solo un hatajo de ignorantes ante los que siento vergüenza. Vergüenza de haber compartido con vosotros siquiera un minuto de mi vida. Y sí —miré a Simón Pedro—, solo las mujeres estábamos allí, como tantas otras veces. ¿Prostitutas? Todas lo somos para ti, animal. Vosotros que no quisisteis contemplar ni acompañarle en su muerte, ¿a qué venís ahora?

Ninguno respondió. Mi tarea estaba cumplida. Eché a andar hacia la ciudad y a mis espaldas oí un murmullo de júbilo secreto. «Ha resucitado, sí, ha resucitado.» El murmullo de los idiotas.

49

Quien maneja las palabras construye la vida.

Supe no hace mucho del ajusticiamiento de Simón Pedro y también del de Pablo de Tarso. ¿Cuánto es mucho? No me pesan sus muertes, desde luego, solo me pesa la certeza de que sus escritos permanecerán por encima de la verdad, su invención por encima de lo que sucedió.

Es tiempo de idiotas. Han pasado ya décadas desde entonces y vuelvo a sentir lo mismo. Después de los tiempos del conocimiento, tan efímeros siempre, llegan los tiempos de la oscuridad. Esto es así. Soy fruto de Grecia, bastarda de Roma por lo tanto. Soy hija. Hijo del hombre, decía el Nazareno. Los hijos pueden contemplar el tiempo de sus padres, tiempo de luz o tiempo de tiniebla. Este que me toca vivir no es, aún no mas ya se huele, tiempo de tiniebla. Al decir tiempo de idiotas me refiero a que se cierne un tiempo de oscuridad, a que lo anticipan. Lo siento llegar. Sobre la ignorancia se construye la oscuridad. Ah, pero la ignorancia no es inocente, no surge como florecen los olivos. Naturalmente. Crece como medran las azaleas, almibarando y decorando su veneno. Ponzoña. La ignorancia está ahí, de igual manera que el conocimiento, palpitando en su posibilidad de ser. La cuestión es a cuál de los dos alimentas: ¿alimentas la ignorancia o el conocimiento? Qué banalidad. En fin, cuando se ceba la ignorancia, los tiempos de oscuridad se ponen en barbecho. Sobre ella se levanta el mal.

Lo estoy viendo. Soy testigo. La pregunta es si se trata de un mal mayor o de un mal menor; de un mal que nace y muere o de una oscuridad que extenderá su sombra más allá de lo que alcanzo a imaginar, o de lo que sería capaz.

Cuando corre la voz de que el Nazareno sanó a una muchacha o a un orate con solo tocarles, que resucitó a un hombre muerto, ¿qué debería pensar? ¿Cómo asumirlo? Podría, y estoy tentada, aceptarlo como lo que son, el intento miserable de rentabilizar un símbolo, sacar provecho de aquello que recibieron. Ah, pero tengo tiempo de detenerme. La edad me va regalando tiempo a cambio de que yo le ceda, renuncie a la seducción. Ese es el pacto. Tiempo es lo que tengo ahora. Puedo permitirme ir más allá. No se trata de los mercaderes del pensamiento, de los comerciantes de la superstición, sino de la azalea, que hunde sus raíces en la tierra para lanzar su bellísimo veneno hacia el futuro.

Aquello que pudo ser revolución contra lo establecido se va convirtiendo en otra forma de lo establecido, de una costumbre llamada ignorancia. Así lo siento. Veo, leo, oigo los frutos de los idiotas y me estremezco. Aquellas palabras prendieron, pero no alimentan ni alimentarán aquello que estrictamente eran.

Las adelfas de mi casa en Magdala, cuyo veneno las doctoras conocían bien, marcaban alegremente las esquinas de los setos; sobre el aligustre se apoyaban y lo vencían en belleza. Allí se recostaba su veneno y, sin dañarlo, crecían en su lecho.

Es la misma cosa.

El veneno de quienes siembran la ignorancia de hoy, que será oscuridad mañana, medra en las palabras de entonces.

Malditos sean. Hace algún tiempo llegó a mis manos un texto de Pablo escrito desde aquí mismo, durante una de sus estancias en Éfeso. El falsario recorrió durante años pueblos y ciudades sembrando el mensaje que supuestamente recibió, o recibía, quién sabe, directamente del Nazareno resucitado. Alimentó con idioteces a las comunidades que se han ido formando para honrar y mantener vivas aquellas ideas, los mensajes. Qué incauta fui cuando les dije a sus hombres que él seguía vivo y aludí a la pervivencia de sus palabras. Las narraciones, las cartas, los escritos que me llegan muestran cómo han ido convirtiendo la vida del Nazareno en un arma, qué barbaridad.

Quien maneja las palabras construye la vida, y no al contrario.

Esto leí en el texto de Pablo de Tarso, este disparate:

> Cristo murió por nuestros pecados, conforme a la Escritura. Fue sepultado y resucitó al tercer día, de acuerdo con la Escritura. Se apareció a Pedro y después a los Doce. Luego se apareció a más de quinientos hermanos al mismo tiempo, la mayor parte de los cuales vive aún, y algunos han muerto. Además, se apareció a Santiago y a todos los Apóstoles. Por último, se me apareció también a mí, que soy como el fruto de un aborto.

Resucitar, aparecerse... ¿Resucitar quién? ¿Aparecerse a quién? ¿Cómo, cómo osa inventar tal patraña? ¿Qué resurrección? ¿A qué resurrección se refiere el infame?

Se trata del cuerpo. Siempre el cuerpo.

Una sola vez volví a ver al Nazareno después de que las doctoras hicieran su trabajo. Una sola y ya los dos sabíamos cuál era el camino. Lo sabíamos desde aquel día lejano en el que nos miramos a la cara y aceptamos la razón de nuestra mutua impostura.

—Tú llegaste hasta la muerte —le dije en aquel último encuentro, ya tumbados, desnudos—, y yo cumplí mi cometido con la vida. Estamos en paz.

—Yo ya no existo, entonces.

—No existe tu mesías, si a eso te refieres, pero es la única manera de que perviva. —Acaricié su rostro—. ¿Era necesario llegar tan lejos?

El que me abrazó era ya un hombre, solo eso, un hombre sin más atributos que debía partir para que su empeño, aquello que había decidido llevar a cabo hasta el final, no se viniera abajo.

—Cuando te enfrentas al poder con tu vida, acabará siendo la vida lo que pierdas. Lo demás, solo impostura. Salvarte en ese caso convierte en impostura toda tu existencia.

Respondí a su abrazo y, al hacerlo, sentí cómo había desaparecido entre nosotros cualquier forma de elevación. Solo dos cuerpos, la carne de un hombre y una mujer que al fin se despedían desnudos de todo. De todo. El placer era placer, la concupiscencia, la voluptuosidad. Nuestro último descubrimiento. La despedida.

A la mañana siguiente partió hacia Meroe, en África, a tierra de las Candaces, mis jefas negras. Recordaba la adopción de la reina Amanitore como el único amparo recibido tras el asesinato de mi padre. Yo aún no olvido.

Nunca he vuelto a saber de él. Ni yo ni nadie que haya dejado testimonio alguno.

50

De quienes compartimos aquellos días solo quedamos el Gigante, Juan el de Zebedeo y yo. Llegada al final no me dejaré vencer por la melancolía, nunca lo he hecho. Entre los años siguientes emerge, único, el recuerdo de la muerte de mi amada Ana, pero ese duelo es solo mío. Me conforta pensar que cuando este pellejo sea ya un resto de carne inanimada, el Gigante lo tomará en sus brazos y, porque así lo he dispuesto, lo cederá a la tierra.

Finalmente, sí he engendrado. Este es mi fruto y como tal lo dejo. He visto cómo la conquista del territorio es fuente de toda violencia. El territorio de un pueblo, el territorio de un cuerpo. Eso y no otra cosa recibimos en herencia, las gestas de quienes han ocupado tierras y el fruto de quienes han ocupado cuerpos. Heredamos tierras y linajes.

Ah, pero quien maneja las palabras construye la vida, y no al contrario. Está escrito.

Hace ya un tiempo me senté a dejar constancia escrita de este testimonio, no recuerdo cuánto. Han sido días de profunda soledad porque así se afrontan las vidas tras vidas por las que una ha transitado. Lo he hecho para hacer frente a la repugnancia que me provoca la mentira, sí, la mentira, pero sobre todo el horror al contemplar cómo han ido estableciendo una idea de futuro basada en la violencia y la muerte, cómo justifican con ello el castigo. Todo parece haber quedado en eso: ser torturado hasta la muerte como forma de salvación.

Contra la podredumbre que abonan sus palabras, opongo las mías con una esperanza ya inconcreta. No hay jactancia en lo escrito. Nada ha sido narrado en vano.

Dejo constancia en este escrito de que yo, María, hija de Magdala, llamada la Magdalena, fui la única que estuvo allí desde el principio y hasta el momento en el que el Nazareno dejó de serlo.

Índice